GLADIATORES

Mix Editions

N° ISBN : 978-2-37521-024-6

Dépôt légal : septembre 2016
Date de parution : septembre 2016

Mix Editions :
Impasse des Mares, 76970 Grémonville

Site Internet : www.mix-editions.fr

Playlist

Un livre ce n'est pas uniquement une succession de mots jetés sur une page blanche. C'est avant tout une histoire nourrie par les émotions.

Celles-ci me sont venues en écoutant ces musiques :

* *Rome*, Music from the HBO series / Jeff Beal.

Et plus particulièrement les titres suivant :
Rome Main Title Theme
The forum
The battle has begun
Triumph
Niobe's Fate

* *Gladiator*, Music from the Motion Picture / Hans Zimmer and Lisa Gerrard.

* *The return of The Eagle* Music from the Motion Picture / Atli Örvarsson.

* *Spartacus blood and sand,* Original Television soundtrack / Joseph doLuca.

* *300 la naissance d'un empire*, Original Motion Picture soundtrack / Junkie XL

" C'est un vieux proverbe que celui-ci :
Un gladiateur se décide dans l'arène. "

- Sénèque -

CHAPITRE 1

Le soleil était bas dans le ciel, moins lumineux, et même si au plus fort de la journée il lui arrivait encore d'être aussi brûlant qu'un brasier, il ne fallait pas s'y tromper : la saison claire touchait à sa fin. D'ici peu, les ténèbres s'imposeraient au monde des hommes comme à celui des esprits. Bien des signes annonçaient l'arrivée des longues nuits. Il suffisait de regarder la nature autour de soi. Le vent s'était nouvellement chargé d'humidité, les matins étaient plus frais et certains animaux de la forêt avaient commencé leur mue. Aux abords des clairières, les oiseaux migrateurs s'étaient regroupés, prêts à regagner les contrées du sud, réputées plus clémentes. De larges feuilles flétries tombées des chênes centenaires virevoltaient déjà de-ci de-là et le sol commençait à se couvrir de glands et de champignons comestibles. Dans l'atmosphère changeante de ce début d'après-midi, Abrax, fils d'Ambiorix, soupira en logeant un poignard dans son étui. Immanquablement, le froid viendrait.

« L'hiver est un adversaire fidèle », répétait son père. « Fidèle et meurtrier. »

Le roi Ambiorix n'avait pas tort.

Deux années de suite sous la gouvernance de son propre père, Amnoric, un hiver particulièrement mordant et neigeux avait fait de nombreuses victimes parmi les anciens et les très jeunes enfants. On n'avait plus connu d'épisode aussi glacial depuis lors mais, en levant la tête vers le ciel, Abrax se fit la réflexion que l'hiver arrivait plus tôt que d'habitude cette année, ce qui n'était pas pour le rassurer. Du bout du pied, le Gaulois frappa dans un petit caillou et le regarda s'envoler. Même si les femmes avaient ramassé leur lot de noix et fumé leurs tonneaux de poisson, la chasse demeurait encore pour la tribu le meilleur moyen d'affronter sereinement la saison froide. La veille, un troupeau de daims avait été aperçu par-delà la forêt en train de s'abreuver à la rivière. Si les dieux étaient cléments avec les pisteurs, la viande des cervidés serait séchée et nourrirait le groupe en cas de coup dur. Leurs peaux serviraient à confectionner des vêtements chauds et leurs os seraient taillés en vue de fabriquer des ustensiles pour la vie quotidienne. Il n'y avait pas de temps à perdre !

Abrax noua ses longs cheveux blonds cuivrés en marmonnant dans sa courte barbe. La patience n'avait jamais été son fort. Depuis qu'il était en âge de tenir une hachette, son caractère impétueux lui faisait souvent bouillir le sang dans les veines.

Pivotant sur lui-même, le gaillard fronça les sourcils et projeta son regard en direction des habitations.

— Garlec ! s'écria-t-il d'une voix grave. Compagnons ! Par Ésus, le temps presse !

Quelques minutes plus tard, un individu sortit d'une solide baraque en torchis[1] et au toit de chaume. Il s'agissait d'un jeune homme d'à peine vingt ans, de forte corpulence, affichant une mine contrariée.

— Voilà, voilà ! grommela celui-ci en terminant de mordre dans un bout de viande séchée.

Derrière lui, une équipe de trois Gaulois tout aussi athlétiques apparut. Lourdement armés de couteaux, de haches et de piques, les membres de la compagnie avancèrent mollement vers la palissade en bois qui ceinturait le village.

— Tu traînes des pieds, mon frère, l'apostropha Abrax, mécontent.

— Et toi, tu es toujours trop pressé ! répondit Garlec, peu impressionné par l'effet de voix de son aîné.

— Notre père est parti chasser le sanglier depuis l'aube avec quelques autres nobles. Je n'ai pas envie d'affronter son jugement à son retour s'il apprend que nous sommes restés oisifs toute la journée.

Garlec arriva enfin à la hauteur d'Abrax. Les deux frères étaient sensiblement du même gabarit, taillés pour la guerre, les bras musclés

---

[1] Matériau composite fabriqué à partir d'argile, d'eau et de fibres naturelles comme la paille et le foin.

par le labeur, le torse bombé par l'exercice. Néanmoins, la ressemblance s'arrêtait là. Garlec arborait une épaisse moustache noire, attribut dont il n'était pas peu fier, et une longue crinière tout aussi sombre dans laquelle luisaient des perles et des bijoux en métal. Ses prunelles marron laissaient entrevoir une détermination sans faille mais une intelligence fragile.

— Tu pourrais déposer les bois du dieu cornu[2] au pied de son trône que tu ne parviendrais pas à contenter notre géniteur, ronchonna le chasseur. Quoi que tu fasses, il trouvera à redire, alors détends-toi.

Abrax accusa la remarque en silence. Il ne pouvait pas être moins d'accord avec son cadet. Il fallait bien reconnaître qu'Ambiorix était difficilement impressionnable. Sa jeunesse marquée par une éducation sévère et de nombreux conflits l'avait rendu austère et distant. Avec l'âge et la crainte de voir un jour son autorité contestée, il se montrait souvent impatient et dur, notamment avec ses fils.

— Les célébrations de *Samain*[3] approchent, expliqua Abrax en modulant le timbre de sa voix. Tu sais ce que cela signifie, Garlec. La nuit va s'étendre. Il nous faut faire des réserves, et vite. Quelque chose me dit que nous allons devoir essuyer un terrible hiver.

— Chaque année, c'est le même refrain, grommela Garlec dans sa moustache. Côtoyer notre père du matin au soir t'a rendu aussi tourmenté que lui. On vient à peine de terminer la récolte des céréales et de faucher le foin. On mérite bien quelques jours de repos, non ? Les druides disent que…

— Les druides ne dirigent pas la tribu jusqu'à preuve du contraire, lui rappela Abrax en serrant les dents. Si notre roi nous dit de commencer à faire des provisions, on l'écoute.

Garlec ravala un juron. En tant que fils aîné et prétendant à la succession d'Ambiorix, la parole d'Abrax avait presque autant de poids que celle de son père. La coutume imposait donc à Garlec de se plier à

---

[2] Référence au dieu Cernunnos.

[3] Fête religieuse marquant la fin des récoltes et annonçant l'arrivée du froid ainsi que le passage d'une année à l'autre.

l'autorité de son frère, mais il n'était pas le genre d'homme à taire ce qu'il pensait.

— Nous avons des moutons et des chèvres dans des enclos, dénombra-t-il. Des poules et des oies qui ne demandent qu'à être plumées. Tu crains des jours difficiles qui ne surviendront pas !

Abrax se racla la gorge. Il était sur le point de remettre Garlec à sa place lorsque, par-dessus son épaule, il aperçut un jeune homme de haute stature aux yeux d'un bleu éclatant, à la chevelure bouclée et sombre comme une nuit sans lune. Cette vision soudaine fit aussitôt naître en lui une douce bouffée de chaleur. Son cœur rata un battement et des papillons volèrent dans son ventre. Le guerrier discutait avec un collègue de chasse. Il donnait l'impression de rire d'une plaisanterie lancée par son camarade.

D'un mouvement brusque Abrax s'écarta de Garlec pour aller à leur rencontre.

— Qu'est-ce que tu fais ici, Laucos ? demanda-t-il au plus grand des deux avec une once de reproche dans la voix.

Ce dernier tourna la tête dans sa direction en haussant ses épais sourcils.

— Je t'accompagne, voyons ! répondit-il.

— Pas aujourd'hui ! indiqua Abrax. C'est trop dangereux.

Laucos se rembrunit immédiatement.

— Depuis quand débusquer des proies sans défense est-il devenu périlleux ? questionna-t-il.

Abrax s'humidifia les lèvres en éprouvant le désir d'enlacer son amant. Il était incapable de résister à son air boudeur, à sa bouche gourmande ou à ses iris azur.

— Nos éclaireurs ont rapporté la présence de soldats romains dans les environs. Mon père m'a informé qu'ils avaient établi un campement à une demi-journée de marche d'ici.

— Et alors ? s'exclama Laucos. Nous avons déjà eu affaire à ces intrus par le passé. J'en ai même embroché plus d'un !

Pour donner davantage de consistance à ces mots, le barbare sortit une lame de son ceinturon et la glissa sous la gorge de son interlocuteur.

— Tu veux que je te montre comment je m'y suis pris ? plaisanta-t-il.

Abrax esquissa un sourire devant l'attitude faussement menaçante du jeune intrépide. Il aurait facilement pu le désarmer mais y renonça pour mieux se prêter au jeu. Doucement, ses mains se posèrent sur les hanches de l'impudent pour se rejoindre derrière ses reins avec tendresse. Il plongea son regard doré dans celui de Laucos tout en se collant contre lui. Le métal glacé du couteau sur sa peau le fit frissonner.

— Je sais très bien comment tu manipules ce genre d'outil, flatta-t-il son compagnon avant d'approcher son visage du sien.

Laucos éloigna le tranchant de la lame du cou de son amant pour l'embrasser. Dans son dos, il sentit la pression des doigts d'Abrax. Sa langue se fraya un chemin entre ses lèvres pour s'amouracher de la sienne. Leur baiser fut relativement long, trop au goût de certains traqueurs qui commencèrent à gentiment se moquer d'eux. Ce n'était pas tant leur étreinte qui les dérangeait que la perte de temps qu'elle constituait. Au sein du clan, tant qu'ils n'étaient pas unis à une femme, les hommes pouvaient entretenir ce genre de relation.

Abrax et Laucos finirent par s'écarter l'un de l'autre sans prêter attention aux railleries qui s'étaient élevées derrière eux. Caressant la joue lisse de son compagnon, Abrax précisa toutefois :

— Je regrette, mais tu ne viens pas avec nous.

Une ride de mécontentement apparut sur le front de Laucos qui protesta énergiquement.

— Je sais me battre ! glapit-il. Je n'ai pas peur de l'envahisseur.

— Nous devons nous montrer discrets à travers bois, lui indiqua son complice. Les phalanges romaines ont l'ouïe fine, presque autant que les cervidés.

— Je suis aussi doué que la plupart de ces gars-là ! s'offusqua Laucos en pointant son index vers la troupe.

Abrax fronça les sourcils.

— Là n'est pas la question, dit-il. Nous sommes en nombre suffisant pour aujourd'hui.

— Je viens avec vous, insista Laucos. Tu sais combien j'aime la traque, et puis j'ai besoin d'exercice. Mes bras manquent d'activité. Je n'ai pas quitté l'enceinte du village depuis des jours.

Laucos s'apprêtait à contourner Abrax pour rejoindre le reste du groupe lorsque ce dernier le saisit fermement par le poignet, l'obligeant à s'immobiliser.

— Je ne le répéterai pas ! gronda-t-il. Tu restes ici.

— Avec femmes et enfants ? protesta Laucos en lui faisant brusquement face.

— Pour les protéger, lui indiqua Abrax. Les Romains tournent autour de notre village comme des loups autour d'un troupeau de moutons. J'ai besoin de quelqu'un de confiance pour assurer la protection des plus faibles, au moins jusqu'à ce que mon père revienne.

— C'est une excuse, objecta Laucos. Une fausse excuse.

— Beaucoup prendraient cette charge avec honneur, intervint de loin Garlec qui commençait à s'impatienter de cette crise puérile.

Laucos détacha son regard furieux d'Abrax pour le poser sur le moustachu.

— Alors, reste parmi les femmes à moudre du blé, un enfant sur les genoux, si cela te chante. Moi, je vais courir après le daim des plaines armé d'une pique !

Garlec balaya l'air de la main en signe de reddition.

— Tu as toujours eu mauvais caractère, ronchonna-t-il. C'est à se demander comment mon frère arrive à te supporter.

Abrax lâcha Laucos. La pulpe de ses doigts laissa des traces rouges sur la peau nue de son compagnon.

Inspirant profondément, il développa son raisonnement.

— Les tentatives pour nous soumettre ont augmenté ces derniers mois. Beaucoup de nos gens ont été tués lors de récentes embuscades. Tant que la menace d'une attaque existera, tu ne franchiras pas ces portes.

Il prit le temps de déglutir, scruta le doux visage de Laucos, s'attardant sur les lignes de sa mâchoire carrée, son nez retroussé, ses joues pâles, puis souffla avec tendresse.

— S'il devait t'arriver quoi que ce soit, je ne m'en remettrai jamais.

Cet aveu eut pour conséquence de légèrement défroisser la crispation de Laucos sans que celui-ci se départisse pour autant de son obstination.

— Abrax, je n'ai pas besoin d'être protégé, l'informa-t-il. Ai-je l'air d'un enfant d'après toi ? Mon corps n'est-il pas aussi vigoureux que le tien ? Suis-je si lamentable dans le maniement des armes ?

Le prince plissa les yeux en souriant.

— Ta physionomie est très agréable à regarder et tu possèdes tous les atouts qu'un guerrier puisse espérer, mais j'en ai décidé ainsi…

Dans un dernier élan pour convaincre son partenaire, Laucos s'approcha pour lui chuchoter à l'oreille :

— Qu'est-ce qui te prend ? Tu me fais passer pour un faible aux yeux des autres.

— Tu te méprends sur mes intentions. Je te protège.

— Non, tu es en train de m'humilier !

Une ombre passa sur le visage d'Abrax.

— Tu feras ce que je dis, s'emporta-t-il, ou je te fais attacher à un poteau !

L'éclat de voix de son compagnon fit reculer Laucos d'un demi-pas. Du menton, Abrax ordonna à ses hommes d'avancer, laissant son bel amant dans l'émoi. En lui-même, il s'en voulait terriblement de s'être adressé à Laucos de façon aussi virulente, mais il avait encore fait ce même cauchemar la nuit précédente, celui d'un renard dévoré par un aigle des montagnes. Dans son esprit, il ne faisait aucun doute qu'il s'agissait d'un mauvais présage, d'un signe envoyé par les dieux pour le mettre en garde d'un danger à venir. Un danger qui concernait Laucos. Après tout, le vulpe[4] n'était-il pas l'emblème de sa famille ?

À peine les massives portes en bois franchies, Abrax se retourna pour jeter un ultime regard à l'être qu'il aimait. Ce dernier serrait les poings, accablé par la déception. Furieux, Laucos tourna les talons.

Puis les portes se refermèrent.

---

[4] Du latin *Vulpes*, synonyme de renard.

CHAPITRE 2

Laucos enrageait. La colère pulsait contre ses tempes tel le refrain maudit d'un chant druidique. Furieux, il donnait d'interminables coups de scramasaxe[5] contre un chêne que la foudre avait fendu en deux quelques mois plus tôt. Torse nu, les muscles bandés, il transpirait à grosses gouttes. Jamais il n'aurait imaginé Abrax capable d'une telle trahison, et c'était bien ce qui motivait son bras. Chaque entaille dans l'aubier était un reproche, chaque fente, une vindicte. Comment avait-il pu l'humilier de cette manière ?

Au bout d'un quart d'heure à frapper le tronc carbonisé, harassé par l'effort et se rendant compte de l'inutilité de son geste, Laucos se laissa mollement glisser par terre. Posant l'arrière de son crâne contre l'écorce maltraitée, il balaya du regard l'environnement autour de lui.

Il se tenait à l'écart du village, légèrement en hauteur, de sorte qu'il en surplombait l'espace central. De sa position, l'endroit ressemblait à une vaste fourmilière. Les villageois déambulaient dans les allées de terre, discutaient devant des étals. Quelques-uns faisaient une halte au puits pour étancher leur soif, pendant que d'autres se contentaient de passer en toute hâte, pressés par une affaire urgente. Les femmes tiraient leurs bambins derrière elles en rouspétant, transportaient des paniers de linge ou de légumes. En déplaçant son attention vers la gauche, Laucos aperçut un druide clopinant vers le sanctuaire, le regard songeur. Un chien urina sur la jambe d'un menuisier, ce qui lui valut un coup de pied dans les flancs.

Le bourdonnement sourd des bavardages, les confabulations liées à l'alcool, les rires d'enfants associés aux divers martèlements s'échappant

---

[5] Couteau semi-long pourvu d'un seul côté tranchant.

de la forge offraient une cacophonie familière à Laucos qui n'avait jamais connu autre chose qu'Abrax et ce village.

D'aussi loin que remontaient ses souvenirs, son compagnon avait toujours fait partie de sa vie. Nourrissons, les deux garçons avaient tout de suite été ballottés chez l'une ou l'autre de leurs mères au gré de leurs obligations respectives. Inséparables tout au long de leur enfance, il leur était bien souvent arrivé de dormir dans le même lit, de partager un bain ou un repas.

Laucos frémit lorsqu'un gros nuage gris éclipsa le soleil.

Il va pleuvoir cette nuit, prédit-il.

La pluie laverait-elle l'affront dont il avait été l'objet ? Évacuerait-elle l'ire qui fluidifiait son sang ? Comment pourrait-il épargner à Abrax une nuit de reproche ? Laucos soupira et, s'aidant de la pointe de son arme, se redressa. La chaleur de l'exercice commençait à le quitter et une crampe ténue apparut le long de son bras gauche. Une grimace lui déforma les traits lorsqu'il massa son épaule endolorie et qu'il prit la direction du ruisseau le plus proche. Une fois parvenu au cours d'eau, il se dévêtit pour se baigner. Sa peau se couvrit de chair de poule au moment d'entrer dans l'eau fraîche et ses tétons se raidirent. L'endroit était cher à ses yeux, car c'était précisément ici, à l'ombre du saule pleureur, qu'Abrax et lui avaient échangé leur tout premier baiser.

Cela s'était produit l'année de leurs seize ans, au printemps. Laucos s'en souvenait comme si c'était hier.

Abrax n'était pas tout à fait la force de la nature qu'il était devenu. Sa morphologie qui projetait sur la berge une ombre évocatrice était déjà bien dessinée, mais manquait de virilité. Ses cheveux ne cascadaient pas encore sur ses épaules comme c'était le cas aujourd'hui et sa barbe blondine n'était guère plus qu'un fin duvet tout doux.

Mais par les dieux, il était si beau ! se souvint Laucos en s'aspergeant le visage.

Lui non plus n'avait pas encore cette apparence robuste et masculine qui le caractérisait à présent. Ses biceps étaient moins gonflés, ses mollets plus allongés et son visage portait encore les stigmates de la puberté.

L'essentiel de cette matinée-là avait été consacré à labourer une parcelle de terre. Assistés d'une charrue, les adolescents avaient tracé des sillons à n'en plus finir. Une fois le soleil porté à son zénith, Abrax avait insisté pour se débarbouiller dans le ruisseau. Laucos ne s'y était pas opposé, souillé qu'il était par la glaise et la poussière. Comme à l'accoutumée, la baignade avait rapidement viré à la chamaillerie. C'était un de ces rares moments où les deux amis pouvaient se relâcher, rire et plaisanter sans se soucier des obligations liées à leur âge.

Cette fois-ci, toutefois, les jeux d'eau et les éclaboussures avaient pris une toute autre dimension. Laucos n'avait pas cherché à se battre avec son ami d'enfance qui s'était lui-même montré moins agressif dans ses tentatives pour le faire chuter dans l'eau. Un observateur extérieur n'aurait pas manqué de relever dans l'air comme un soupçon de séduction entre les deux garçons, car leurs mouvements ressemblaient davantage à des caresses qu'à des prises de corps à corps. Les rires étaient empreints d'une gêne peu commune et les regards paraissaient troublés.

Sous la chaleur de midi, les dos ruisselant de gouttelettes, leurs démêlés s'apparentaient à une succession de préliminaires amoureux. Laucos avait cessé de sourire lorsqu'il s'était rendu compte que son cœur battait violemment dans sa poitrine. L'excitation de l'amusement avait cédé la place à un stress tangible. Abrax arborait la mine sérieuse des jours où quelque chose le tracassait. Il fronçait les sourcils en se mordillant les lèvres. Jamais encore Laucos ne s'était arrêté sur ces dernières de cette manière. Sur le moment, celles-ci lui étaient apparues appétissantes et désirables, luisantes de provocation. Son frère de lait avec ses pectoraux en développement, ses larges mains, ses cuisses moulées dans ses braies, était tout à coup devenu un objet de désir.

Figé et légèrement penché au-dessus lui, Abrax avait braqué son regard dans le sien tout en avançant son doux visage. Leurs bouches étaient alors si proches l'une de l'autre que le souffle saccadé de leurs respirations les avait ébranlés. Laucos se souvint qu'il avait eu du mal à déglutir et qu'un vertige l'avait brutalement saisi lorsqu'Abrax avait eu le courage de l'embrasser. Un réflexe l'avait poussé à plaquer sa main droite sur le torse de son ami pour le repousser mais, sous l'effet du contact de ses lèvres sur les siennes, il avait changé d'avis et s'était agrippé à sa nuque de son autre main.

Le temps s'était alors suspendu.

Au début, l'échange avait été un peu hésitant, sûrement maladroit, mais les langues avaient su se trouver, se découvrir avec gourmandise et curiosité. Les lèvres s'étaient pressées avec entrain, les cœurs s'étaient emballés dans un rythme sauvage, parfois ponctué d'hésitation. En faisant preuve d'un naturel rassurant, Abrax s'était plaqué avec toute sa fougue contre Laucos, abandonnant définitivement l'innocence de leur duo pour s'engager dans les prémices d'une relation amoureuse.

Laucos inspira profondément et sortit de la rivière. Le souvenir de ce baiser lui était douloureux, car il ne faisait que donner du poids à la déloyauté d'Abrax.

Sur le chemin du retour, il perçut de l'agitation aux abords du village. À mesure que ses pas le rapprochaient des habitations, les beuglements se firent plus nets. Des hommes appelaient à combattre, des femmes criaient à l'aide et une ribambelle de gamins braillait à pleins poumons. Devant l'effervescence collective Laucos sut qu'un drame s'était produit et, songeant immédiatement à son compagnon, il se mit à courir. Les traînées de sang sur la terre battue lui firent bientôt craindre le pire.

La foule réunie près du temple l'empêchait de voir quoi que ce soit, mais il pouvait entendre la voix tonitruante d'Ambiorix appeler au calme.

— Silence ! réclamait ce dernier. Silence !

Mais les villageois persistaient à grogner, à gémir et à pester. Laucos chercha Abrax des yeux. Toutes ses pensées étaient focalisées sur l'homme de sa vie.

Teutatès! conjura-t-il avec foi. *Fais qu'il ne lui soit rien arrivé.*

À coups d'épaule, Laucos se fraya un chemin entre les curieux. Lorsqu'il parvint au centre du cercle formé par la cohue, il remarqua que tous les regards étaient rivés sur les cadavres de deux individus. L'un était entièrement camouflé sous une peau de bête, l'autre avait le visage à découvert.

Laucos reconnut aussitôt Garlec, le crâne ouvert et une flèche plantée dans sa cuisse droite. Ses cheveux et sa célèbre moustache étaient maculés de sang, son casque reposait près de lui, fendu par un puissant coup de glaive. Laucos crut se sentir mal. Le sol se déroba un instant sous ses pieds et il dut se retenir à quelqu'un.

— Non, gémit-il. Non, non, non.

Son monde s'écroula. Pris de panique, il leva la tête dans l'espoir d'apercevoir parmi les gens le précieux visage d'Abrax, mais ce dernier demeurait caché à sa vue.

Toute la haine, la déception et la fierté qui, plus tôt, lui avaient fait maudire le prénom de son bien-aimé se dissipèrent. Autour de lui, les membres de la communauté finirent par s'écarter. Leurs mines déconfites ne présageaient rien de bon. Il était arrivé malheur à Abrax. C'était lui sous le manteau. C'était lui à ses pieds. Son meilleur ami, son amant, sa vie. Il ne pouvait y croire.

— Laucos, l'interpella soudain Ambiorix.

Mais le jeune homme ne l'entendit pas, tétanisé par l'angoisse.

— Laucos ! renouvela le chef du clan.

Laucos releva finalement le menton et dévisagea le patriarche. Ce dernier affichait une mine fatiguée. Les rides qui lui burinaient le faciès ainsi que sa barbe neigeuse lui donnaient un air contrit.

Avec fébrilité, Laucos s'approcha du corps dissimulé sous la peau.

Il faut que je sache, se dit-il et, d'une main tremblante, souleva la peau de bête.

Laucos mit un certain temps à réaliser que ce n'était pas Abrax qui gisait raide et pâle comme la craie, mais l'un de ceux qu'il avait emmené avec lui.

Laucos tâcha de camoufler son soulagement et bredouilla :

— Qu'est-il arrivé ?

Ambiorix profita d'un bref soupir pour chercher ses mots.

— Il semble que mes fils aient été surpris par un contingent romain au cours de leur chasse.

— Qu'est-il advenu d'Abrax ? s'étrangla Laucos en craignant qu'on lui dissimule une terrible vérité.

— Nous n'avons pas retrouvé son corps, lui apprit Ambiorix. Tout indique qu'il a été fait prisonnier.

— Il faut immédiatement partir sa recherche ! décréta Laucos.

Sa tête se mit à tourner. Il angoissait tellement qu'il eut soudain du mal à respirer.

— Les phalanges romaines ont rejoint leur campement implanté au-delà de la plaine, intervint un gaillard au crâne rasé, mais affublé d'une barbe si longue que sa pointe lui frôlait le nombril. Nous ignorons combien d'hommes se sont retranchés là-bas. Si nous nous engageons à l'aveugle, nous sommes promis à une mort certaine.

— On ne peut pas laisser Abrax à la merci de ces maudits loups ! s'écria Laucos.

— Et nous ne pouvons pas prendre le risque qu'ils découvrent l'emplacement de notre village, rétorqua le conseiller. Nous devons penser aux femmes et aux enfants.

— Branovès dit juste, soutint Ambiorix. Nos défenses sont solides, mais une abeille n'a aucune chance de s'en sortir contre une armée de fourmis. Pour le moment, notre priorité est de nous assurer du soutien des autres tribus.

— Les Triboques nous porterons assistance, assura un druide.

— Les Leuques en seront également, ajouta un barde.

Laucos se renfrogna.

— Père des pères, dit-il à l'adresse d'Ambiorix, Abrax encourt le même destin funeste que son frère. Je vous supplie de lui venir en aide. Je ne supporterai pas…

Sa gorge se serra et il fut incapable de terminer sa phrase.

— Tes sentiments à l'égard d'Abrax sont connus de tous, formula Ambiorix. Cet amour a pris racine dans vos nombreuses vies passées et s'est renforcé au gré des cycles de vos différentes incarnations. Les dieux vous ont unis à jamais. Si Abrax a péri, nul doute à mes yeux que tu le retrouveras dans l'autre monde.

— Je…, prononça Laucos.

— La survie du plus grand nombre prime sur celle d'un seul individu, trancha Ambiorix. Je ne reviendrai pas sur ma décision. Nous devons tout d'abord unir nos forces avec les autres peuples de la région avant de tenter quoi que ce soit.

— Mais il s'agit de votre fils ! protesta énergiquement Laucos.

— Chacun de ceux qui vivent auprès de moi sont mes enfants. Je ne peux pas en favoriser un au détriment d'un autre, même si cela doit me briser le cœur.

Sur ces mots, Ambiorix regagna l'intérieur de sa demeure avec ses hommes.

CHAPITRE 3

Une secousse plus raide que les autres lui fit reprendre connaissance. Le temps que sa vue s'habitue à la lumière des feux de camps, que sa joue se familiarise avec la brûlure de sa plaie, un coup de pied dans les côtes acheva de le réveiller. En reprenant ses esprits, Abrax capta de nombreuses discussions autour de lui. Il n'avait pas une connaissance très approfondie de la langue romaine mais, contrairement à Laucos, il en savait suffisamment pour se faire comprendre d'eux et eux de lui.

— Debout, sale porc de chevelu ! entendit-il méchamment avant de réaliser que ses poignets étaient entravés par des chaînes.

Abrax étouffa une plainte en cherchant à se redresser. Instinctivement, il porta une main à sa joue et constata qu'il était blessé. Sous la pulpe de ses doigts, il prit conscience d'une ligne irrégulière, boursouflée et brûlante. En effleurant son arcade gauche, il sentit que son œil était enflé, dur et douloureux. Abrax se hasarda à passer le bout de sa langue sur sa lèvre ouverte sous l'impact des coups reçus et le regretta amèrement lorsque sa salive rentra en contact avec la chair à vif.

— Par les dieux, jura-t-il en grimaçant.

Le moins que l'on pouvait dire, c'était qu'il s'était pris une bonne raclée. Ses assaillants n'y avaient pas été de main morte. Malgré son œil à demi clos, Abrax chercha son frère et ses compagnons. Intérieurement, il espérait qu'aucun d'eux n'eut été tué, mais au plus profond de lui, il ne se faisait guère d'illusions, car le camp ne comptait que des Romains. Le prisonnier n'avait pas un souvenir très précis de sa capture, mais le peu qui lui revenait en mémoire lui creusa un trou dans la poitrine. Avant de s'évanouir, frappé en plein visage, il avait vu Garlec aux prises avec un coriace adversaire.

Ce souvenir le mit en colère et il tira sur ses fers.

— Tu peux toujours te débattre, perçut-il dans la pénombre sans savoir d'où cela venait. T'es pas prêt d'aller courir dans les bois.

Peu importait l'intervenant. Celui-ci n'avait pas tort. Il était pieds et poings liés de telle façon qu'il ne pouvait espérer s'enfuir.

Abrax songea à Laucos en offrant son visage tuméfié au ciel étoilé. À cette heure-ci, ce dernier devait certainement le croire mort. À cette douloureuse idée, son cœur se serra dans sa poitrine.

Au moins, lui est en vie, se félicita-t-il.

Les divinités avaient été bien sages de l'avertir du danger. Sans cette intervention miraculeuse, qui sait ce qu'il serait arrivé à son compagnon.

Je ne voulais pas te manquer de respect, formula Abrax dans sa tête. *Simplement t'éloigner du danger.*

Laucos était un adversaire redoutable, un homme de poigne et un fier combattant. Il possédait une dextérité certaine dans le maniement des armes, mais il faisait parfois preuve d'insouciance dans le combat, ce qui n'était pas sans l'exposer à de périlleuses situations. C'était tout ce qu'Abrax avait voulu éviter en refusant qu'il les accompagne à la chasse. Le Gaulois se représenta mentalement son compagnon. Il aurait donné n'importe quoi pour revoir son visage, pour s'enivrer du parfum de sa peau, caresser ses cheveux brillants. Sa bouche lui manquait ainsi que la chaleur de son corps.

Un nouvel élan de rage le submergea et, tirant avec plus d'entrain sur les maillons d'acier, il poussa un grognement.

— Libérez-moi ! somma-t-il d'une voix cassée.

— Ferme-la ! s'entendit-il répondre.

— Je suis Abrax, fils d'Ambiorix, insista-t-il, je vous intime l'ordre de me relâcher.

Des protestations s'élevèrent autour de lui.

— Tu vas prendre mon poing dans la gueule si tu ne la boucles pas tout de suite ! lui promit un soldat en se levant.

— Détache-moi et on verra lequel de nous deux mangera de la soupe à la fin de la semaine ! le nargua-t-il.

Le militaire posa son repas sur la souche d'un arbre et s'approcha. Abrax sut aussitôt qu'il allait hériter d'une nouvelle marque d'affection à la mode romaine.

Et il vit juste.

Du revers de la main, la recrue lui flanqua une remarquable gifle qui le sonna quelques secondes.

— Tu disais quoi ? le questionna-t-elle ensuite avec une mine facétieuse.

Abrax sentit une douleur aiguë lui irradier le tympan. Il cracha un filet de sang aux pieds du soldat.

— Je te disais que…

Un nouveau coup surgissant de nulle part lui engourdit violemment l'esprit. De toute évidence, le Romain n'était pas d'humeur à rire.

— T'aimes jouer les gros durs, n'est-ce pas ?

— Tu n'as pas idée, plaisanta Abrax.

Le soldat serra le poing gauche avec l'ambition de lui asséner un troisième heurt lorsqu'un haut gradé l'empêcha d'accomplir son forfait.

—Il suffit ! ordonna celui-ci.

Le militaire se figea, mécontent ou déçu, puis retourna à sa place sans prononcer un mot. Abrax considéra son bienfaiteur avec attention. Son œil abîmé était presque fermé, mais il pouvait distinguer un réseau de rides traçant des rivières sur la plaine du front de l'inconnu ainsi qu'autour de ses pommettes saillantes. Son regard affûté comme celui d'un rapace et ses lèvres finement serrées l'une contre l'autre indiquèrent à Abrax qu'il était en présence d'un fin stratège plutôt que face à un redoutable combattant. La cuirasse du légat était de bonne facture, mais la cape rouge qui frôlait ses mollets accentuait l'impression de petitesse qui se dégageait de lui. Les lanières de ses sandales étaient pleines de boue. Dans sa main gauche, il tenait un casque à crête rouge dont l'extrémité venait le chatouiller sous le menton.

En combat régulier, Abrax était convaincu de pouvoir lui briser le cou simplement avec les deux pouces.

Le Romain se présenta.

— Je m'appelle Octavius Titus Gradius, dit-il.

— Je n'ai que faire de ton nom, baragouina Abrax. Où est mon frère ? Qu'avez-vous fait de mes compagnons ?

— Je suppose qu'ils sont morts à l'heure où nous parlons.

L'officier venait de lui confirmer ses inquiétudes. Abrax ferma les yeux le temps d'un battement de cœur en hommage à Garlec.

Puisses-tu trouver la paix, mon frère, pria-t-il intérieurement. *Que les anciens te guident. Si je m'en sors, je pleurerai ta perte et chanterai ta mémoire. Si je meurs, nous rirons de nos aventures en nous abreuvant de cervoise !*

Une bouffée de chaleur longea la colonne vertébrale du Gaulois. Une vague d'émotions monta en lui comme une coulée de boue, dévastatrice. Abrax voulut se jeter sur Octavius, mais ses entraves l'en empêchèrent.

— Tu vas mourir, l'avertit-il méchamment.

— Ne fais pas de promesse que tu ne tiendras pas.

— Tu as tué mon frère ! rugit-il.

— Où est ton peuple ? le questionna Octavius. Cela fait des semaines que je cherche celui qu'on nomme Ambiorix. Ton père, si j'en crois ce que tu dis.

— Tu ne tireras rien de ma personne.

Gradius sourit mais pas de façon amicale.

— Comme tu peux le constater, prononça-t-il avec une once de dédain, je n'ai plus tout à fait l'âge pour ces vagabondages. Je suis fatigué de courir à travers vos forêts sombres ou vos champs boueux, et je ne te parle pas du temps. L'humidité de la nuit glace mes vieux os et le soleil de l'après-midi m'assèche la gorge.

— Je connais un bon remède à tes malheurs ! Apporte-moi une lame et tu ne souffriras plus de notre climat.

Octavius plissa les paupières.

— Ton père, poursuivit-il. Ce vieux chef que tout le monde respecte dans ces contrées a trop longtemps nargué la République. On me réclame sa tête.

Octavius jaugea la réaction de son prisonnier avant de préciser :

— C'est à cette seule condition que je puis espérer retourner auprès des miens.

— Je jure de leur envoyer tes tripes si tu oses toucher à mon père ! s'emporta Abrax. Ces chaînes ne me retiendront pas très longtemps.

Gradius éluda l'avertissement d'un geste de la main.

— Dis-moi où il se cache et je te promets qu'il aura une mort rapide.

— Jamais.

Le légat soupira.

— Décidément, il n'y a aucun moyen de vous faire entendre raison, à vous les barbares. Très bien, je te propose un marché en ce cas.

— Je ne commerce pas avec les scélérats dans ton genre.

— Tu devrais pourtant écouter ce que j'ai à te dire, car ma proposition risque fort de t'intéresser. Mes ordres se limitent uniquement à ton père. César n'a rien dit à ton sujet. Une fois ton géniteur passé de vie à trépas, rien ne s'opposera à ce que tu lui succèdes. J'imagine qu'un homme de ta trempe a toujours rêvé de devenir roi. Si tu te plies aux exigences de Rome, je te promets de laisser ton clan en paix.

— Vous mentez !

Octavius perdit subitement patience.

— Les trois quarts de la Gaule sont placés sous notre domination, postillonna-t-il. Combien de temps crois-tu pouvoir nous résister ?

— Aussi longtemps qu'il le faudra. Ces terres appartiennent à mes ancêtres.

L'officier parut désolé de la réponse d'Abrax.

— Bien, fit-il. Comme tu voudras.

D'un mouvement de la tête, il fit passer une consigne à son plus proche subalterne. Lorsque ce dernier revint une seconde plus tard, ce fut accompagné de deux captifs. Abrax reconnut aussitôt Bronis et Adron, ses compagnons dont les visages congestionnés et les dents brisées laissaient entendre qu'ils avaient essuyé quelques méchants heurts.

Selon toute vraisemblance, on avait essayé de leur tirer les vers du nez.

— Si vous leur faites le moindre mal, je vous jure que…

— Tu ne me laisses pas d'autre choix, Gaulois.

Octavius Gradius adressa un signe du menton à l'un des gardes. Ce dernier libéra un poignard et trancha sans hésitation la gorge de Bronis. La victime écarquilla les yeux, poussa un geignement sourd puis s'écroula lourdement sur un sol mousseux.

— Nooon ! hurla Abrax en tirant de toutes ses forces sur ses chaînes.

Devant la fin qui s'annonçait pour lui, Adron tenta de se dégager de l'emprise des soldats sans toutefois y parvenir.

— Tes hommes ne sont pas obligés de mourir tous les deux, fit remarquer Octavius.

Il s'orienta vers Adron, le dévisagea un instant, puis revint sur Abrax dont les traits étaient déformés par la colère.

—Tu peux encore le sauver, souligna Gradius. Dis-moi simplement où se situe ton village.

Adron fronça les sourcils.

— Ne lui dis rien, Abrax ! le supplia-t-il avant qu'un coup de pommeau dans le bas ventre ne le plie en deux.

L'officier désigna le captif de l'index.

— Si tu persistes à te taire, il mourra.

Abrax était conscient que s'il dévoilait la position de son peuple, Adron et lui connaîtraient les joies d'une entaille dans les intestins. Le camp était suspendu à sa décision. Tous les regards étaient tournés dans sa direction. Les secondes s'égrainèrent.

Que dois-je faire ? ne cessait-il de se demander. *Quelle est la bonne décision ? Que ferait mon père ?*

Abrax chercha du soutien dans le regard d'Adron. L'échange fut long, empli de tristesse et d'amitié. À la fin, un sourire se dessina sur le visage boursouflé du rouquin et Abrax comprit. Il était sur le point de lui crier de ne pas faire l'imbécile quand ce dernier pivota brutalement sur lui-même, asséna un violent coup de tête sur le front du garde en face de lui et, lui saisissant le poignet des deux mains, s'enfonça la courte lame de son glaive dans le ventre. Un spasme l'étreignit, une giclée de sang noir remonta le long de sa gorge et il tomba à genoux pour rendre son dernier souffle aux pieds du soldat romain. Ce sacrifice inattendu prit tout le monde au dépourvu. En particulier Octavius Titus Gradius. Vexé que le prisonnier se soit donné la mort, il serra son poing libre et le présenta sous le nez d'Abrax.

— Tu refuses de me dire ce que je veux savoir ? Soit ! Je brûlerai tous les arbres de ce pays s'il le faut ! Je massacrerai chaque pouilleux qui foule cette terre si nécessaire, mais je te promets de mettre la main sur ton père. De ton peuple, il ne subsistera rien d'autre que de la poussière !

Il s'interrompit, haletant, furieux, avant de le prévenir :

— Que tu le veuilles ou non, cette province deviendra romaine !

Abrax le fixa avec un tel mépris que le légat finit par se draper dans sa cape pour rejoindre sa tente.

CHAPITRE 4

Laucos attendit que la lune apparaisse pour empaqueter ses affaires. Il n'avait pas besoin de grand-chose en vérité : de quelques vêtements chauds et d'une couverture pour lutter contre la fraîcheur des nuits, de vivres pour la route, et d'un sachet de plantes médicinales en cas de fièvres ou de blessures sans gravité. Pour sa protection, il se munit d'une hachette, de deux coutelas qu'il logea contre ses reins et d'un glaive à double tranchant. Pendant un instant, il hésita à prendre le bouclier d'Abrax qui reposait dans un coin, puis jugea l'objet trop encombrant. Il délaissa également sa lance, persuadé qu'elle le ralentirait dans les bois. Après avoir attaché un ceinturon autour de sa taille, il ajusta sa tunique à carreaux vert et blanc et couvrit ses épaules d'une saie[6] maintenue au niveau du cou par une fibule[7]. Enfin, il vissa sur sa tête un casque rond avec des couvre-joues en cuir d'où quelques boucles brunes s'échappèrent. La décision de partir sauver Abrax n'avait pas été difficile à prendre. À vrai dire, elle s'était imposée à lui avec une éclatante justesse pendant que la foule se dissipait et que l'on déplaçait les corps de Garlec et de Toumatos.

Il était resté prostré un long moment, les yeux rivés sur les gouttes de sang qui séchaient, incapable de comprendre le raisonnement d'Ambiorix.

Comment pouvait-il seulement abandonner son fils ?

Laucos serra les dents à s'en faire mal. Son propre sang se mit à bouillir dans ses veines. Il avait envie de crier, de frapper contre les murs, de tout saccager.

---

[6] Longue cape avec ou sans capuche.

[7] Agrafe en métal qui sert à fixer les extrémités d'un vêtement.

— Abrax, je viens te chercher, murmura-t-il avec la ferveur d'une prière.

Comment parviendrait-il à vivre sans lui ? Comment pourrait-il seulement respirer si Abrax n'était plus de ce monde ? Ce n'était pas acceptable, c'était inimaginable. Ils avaient été si heureux jusque-là...

Dans la pénombre, son poing se serra, son bras se gonfla d'une agressivité retrouvée et il donna un violent coup dans un mur.

Avant de partir, son regard se posa par hasard sur le lit. Combien de fois Abrax et lui avaient-ils fait l'amour sous ces fourrures ? Combien de baisers tendres et passionnés s'étaient-ils échangés ?

Laucos ferma les yeux. Il devinait les mains d'Abrax sur son corps. Il les sentait courir sur son vaste dos, suivre le contour bosselé de ses épaules. Il se rappela ses lèvres dans son cou, se déplaçant par petits bonds. Faire l'amour avec Abrax n'était qu'un enchaînement de préliminaires savoureux.

Parfois, les deux amoureux restaient simplement l'un contre l'autre à s'embrasser, à se caresser, n'ayant pas besoin d'autre chose. Quelques fois en revanche, leurs ébats étaient hargneux, voire brutaux. Les baisers devenaient alors des morsures, les gestes délicats disparaissaient au profit de coups de rein endiablés.

Laucos n'avait jamais connu qu'Abrax et il n'y aurait que lui jusqu'à sa mort. Si aucun autre homme n'avait obtenu ses faveurs, beaucoup avaient pourtant essayé de le posséder. Comme la fois où une brute sans nom avait eu l'audace de le coincer dans une étable pour abuser de lui.

Dans une société où les chevelures rousses, blondes ou vénitiennes faisaient figure de loi, la noirceur de ses bouclettes, sa cambrure naturelle et ses muscles naissants excitaient les fantasmes de ceux que l'alcool rendait libidineux. La chose aurait pu mal finir si son glorieux sauveur n'avait pas fait irruption, armé d'un gourdin, pour chasser l'agresseur.

Abrax avait toujours été là pour lui, il était temps de lui rendre la pareille. Laucos termina de se préparer pour retourner chez lui où l'attendait sa mère. Lorsqu'il pénétra dans la chaumière, cette dernière se tenait debout devant le foyer, les mains jointes sur une longue robe en lin. À la lueur des flammes qui crépitaient derrière elle, Diémina lui apparut fatiguée.

L'attention maternelle se fit rapidement pesante, Laucos se renfrogna en ôtant son casque.

— Ne cherche pas à me faire changer d'avis, mère, dit-il en regrettant aussitôt le ton un peu sec qu'il venait d'employer. Je dois partir. Je ne peux pas rester là à ne rien faire.

Diémina esquissa un sourire timide, compréhensive. C'était une femme de haute stature, à la poitrine généreuse et aux traits lourds. Une femme de la terre, plus nourricière que courtisane.

— Mon fils, prononça-t-elle en s'approchant de lui.

Elle baissa les yeux sur ses mains et lui présenta un bracelet fabriqué à partir de trois métaux entrelacés.

— Il appartenait à ton père, déclara-t-elle. Je ne sais pas pourquoi je l'ai conservé aussi longtemps. J'aurai dû te le remettre après sa mort.

Elle fit une pause avant de poursuivre.

— C'est tout ce qu'il me reste de lui, mais je veux que tu le gardes.

Laucos ne se souvenait pas de son père, mort au combat après avoir repoussé une horde de Bretons lors de la bataille des Six Clans. Tout ce qu'il savait à son propos, il le tenait de sa mère qui prétendait que l'un et l'autre se ressemblaient beaucoup, partageant la même chevelure noire et les mêmes expressions du visage. Laucos était très honoré d'être le fils d'un héros, mais l'homme en question demeurait pour lui un étranger, un nom dans l'histoire de sa famille, rien de plus. Pour faire plaisir à sa mère, il passa le bijou à son poignet.

— Je le porterai avec fierté, lui promit-il.

— Ton père était un combattant aguerri. Son âme te protégera.

— J'en suis convaincu.

Diémina lui caressa les cheveux, déplaçant une boucle brune qui lui barrait le front.

— En tant que mère, je souhaiterais que tu restes auprès de moi, mais je connais la puissance de l'amour. Je sais combien il est difficile de lutter contre ses sentiments.

— Abrax est toute ma vie, confia-t-il.

Diémina toussota en lui prenant les mains.

— Si par les dieux il est encore de ce monde, dit-elle, et si tu parviens à le ramener au village, il succédera à son père.

Ce que Laucos confirma.

— Il est destiné à devenir un grand chef.

— Tu sais aussi qu'il devra prendre une épouse et engendrer un fils pour cela.

Laucos secoua négativement la tête.

— Abrax ne se mariera jamais. Nous dirigerons le clan ensemble.

— En es-tu vraiment sûr ? Crois-tu vraiment qu'Ambiorix vous le permettra ? Notre chef tolère votre histoire pour le moment, mais lorsque l'âge l'aura rattrapé et qu'il sentira ses forces diminuer, il imposera sa volonté à Abrax. Il réclamera une descendance.

— Une exigence à laquelle Abrax ne saurait répondre !

— Abrax et toi êtes liés par les dieux, confirma sa mère, mais ce que nul ne peut défaire par la magie des anciens, Ambiorix l'accomplira par la main de l'homme.

— C'est-à-dire ?

— Si tu lui ramènes Abrax, il te tuera.

— Ce que tu dis n'a pas le moindre sens.

— Je t'en prie, gémit Diémina, écoute-moi.

— Non, brailla Laucos en se décalant. Je perds un temps précieux à t'écouter parler. Chaque seconde qui passe, c'est autant de risques qu'il meure.

Laucos s'éloigna pour aller se figer sur le pas de la porte. Derrière lui, sa mère prononça une toute dernière instruction.

— Si vous vous aimez tant, ne revenez jamais !

Les paroles de Diémina restèrent en suspens un long moment entre eux. Laucos se mordit l'intérieur de la joue. Sa mère le mettait en garde, mais que devait-il faire de cet avertissement ?

Il ouvrit la porte, jeta un dernier regard par-dessus son épaule et sortit.

Du fait des événements récents, la garde avait été doublée tout autour du village, mais Laucos connaissait un endroit où la vigilance serait sûrement relâchée. Avant cela, il prit la direction du sanctuaire. Passant devant la forge, il bifurqua à gauche après la demeure du barde et gravit le chemin de terre qui montait jusqu'au bois sacré.

Lui et Abrax venaient souvent par ici lorsqu'ils étaient enfants pour observer les druides en train d'accomplir leurs mystérieuses cérémonies ou tout simplement pour jouer. L'endroit n'avait aucun secret pour lui. En atteignant le périmètre du sanctuaire, il eut une pensée pour Garlec qui laissait une femme et un nourrisson derrière lui, ainsi que pour Toumatos qui devait épouser au printemps prochain l'aînée des trois filles de Doumeos. Les feux que l'on avait allumés en leur honneur permirent à Laucos de s'orienter facilement vers l'autel où il fit une oraison rapide afin de garantir le succès de sa démarche. Dans la fosse, les dernières bêtes qui avaient été jetées en sacrifice exhalaient une odeur de pestilence à peine supportable. Bras écartés, paumes ouvertes, Laucos marmonna quelques paroles à l'attention de ses ancêtres. Il fut interrompu dans sa pratique par deux sentinelles qui approchaient. Se camouflant derrière un arbuste, Laucos surprit leur conversation.

— M'est avis que les Romains vont pas traîner bien longtemps par chez nous une fois que les chefs des tribus voisines auront rappliqué ! prononça l'un des deux d'une voix ténébreuse.

— Mouais, confirma le second. À l'heure qu'il est, nos messagers ont déjà dû répandre la nouvelle de leur présence dans les environs. D'ici peu, il va y'en avoir du monde dans le coin !

— Ils ne vont rien comprendre quand on va leur tomber dessus.

Il y eut un court silence durant lequel les deux hommes essayèrent de se convaincre que la victoire leur serait acquise, puis l'un d'eux brisa leur réflexion.

— Tu crois que le fils aîné d'Ambiorix est mort lui aussi ?

— Abrax est un roc, assura le comparse. Je ne me fais guère de souci pour lui. Il tiendra bon jusqu'à ce qu'on vienne le chercher.

— Garlec a quand même péri, ce n'est pas rien.

Le dernier à s'exprimer marqua une courte pause avant de reprendre.

—Tu as vu l'état dans lequel était Laucos ? On aurait dit que le ciel lui était tombé sur la tête.

Le type à la voix grave renifla.

— Je veux bien le réconforter le joli brun s'il se sent seul, proposa-t-il.

Son compère le dévisagea à l'aide de sa torche, surpris par cette révélation. L'autre haussa vaguement les épaules.

— Ben quoi ? fit-il. Les cuisses d'un homme sont tout aussi chaudes que celle d'une femme, ajouta-t-il. Et l'hiver va finir par arriver…

Les deux veilleurs éclatèrent de rire.

— Ma foi, tu dis vrai !

Laucos grogna en silence. Les gardes s'étaient à peine éloignés qu'une nouvelle torche se profila au loin. Laucos sortit de sa cachette puis du sanctuaire alors que deux nouvelles silhouettes se dessinaient dans son dos. Il lui fallait agir vite, conscient qu'il devait mettre la main sur Abrax avant que les clans ne fondent sur le campement de l'ennemi.

En écoutant les guetteurs qui bavassaient entre eux, Laucos avait réfléchi. Abrax et ses compagnons devaient certainement avoir été enlevés dans un but précis. Certainement pour leur soutirer des informations, sinon on les aurait retrouvés pendus à un arbre.

Abrax est un roc.

Par les dieux, le garde n'avait que trop raison ! Abrax ne cracherait pas le morceau aussi facilement. Il lutterait coûte que coûte, quitte à endurer les plus atroces souffrances, quitte même à mourir.

Et Laucos comptait bien là-dessus pour arriver à temps.

CHAPITRE 5

— Fils de chien ! beugla un soldat. Tu vas parler ?

Les gifles et les coups pleuvaient comme un après-midi de novembre, mais Abrax tenait bon.

— Va t'faire fout'…bafouilla-t-il, la bouche pleine de sang.

Toute la nuit, il avait été interrogé, harcelé, battu. Les questions revenant sans cesse, identiques : Où est ton clan ? À quelle distance se situe ton village ? Combien d'hommes ? Combien d'enfants en âge de se battre ? Combien d'armes ?

Seules les voix changeaient car devant son obstination, les interrogateurs s'épuisaient vite, à bout de nerfs sinon à bout de souffle. Tour à tour, on l'avait frappé, arrosé d'eau froide et laissé là, transi de froid. Un troufion lui avait même uriné dessus lorsque le soleil avait flirté avec l'horizon. Le plus difficile dans tout ça, avait été l'absence de sommeil. Toute la nuit durant, les Romains s'étaient relayés pour l'empêcher de dormir. La fatigue, les liens qui lui sciaient la peau, l'effort constant pour ne pas craquer et les beuglements discontinus de ses tortionnaires l'avaient profondément éreinté. À présent, tout ce qu'il voulait, c'était fermer les yeux et sombrer. Juste un instant.

Dans son état, il aurait pu dormir sur un lit de fientes, voire à même un tas de fumier. Le matelas n'avait que peu d'importance du moment qu'il pouvait s'y allonger.

—Tu finiras bien par lâcher le morceau, l'avertit *l'Optio carceris*[8] missionné pour le faire parler.

Abrax releva le menton et sourit à son agresseur. Il saignait abondamment des gencives et, pour ce qu'il en savait, avait perdu une

[8] Sous-officier chargé des prisonniers.

molaire ou deux. Son nez avait été réduit en bouillie et il n'était plus capable de respirer que par la bouche. Chaque inspiration demeurait pénible, rauque, douloureuse. Devant l'air ahuri qu'il offrit, le légionnaire démissionna.

— On peut rien en tirer, regretta-t-il.

Très affaibli, Abrax laissa retomber sa tête. Une migraine épouvantable lui martelait le crâne.

— Détachez-le, ordonna soudain Octavius Titus Gradius en s'approchant.

Un officier accompagné d'un second vint se planter derrière le légat. Il fit une démonstration de respect puis se pencha légèrement sur son oreille.

— Il refuse de parler, déclara-t-il.

— Les Gaulois sont plus têtus que la plus bornée des mules, soupira Octavius, mais ils ne sont pas stupides. Celui-là ne fait pas exception à la règle. Il cherche simplement à gagner du temps afin que les clans s'organisent.

Gradius se courba pour atteindre le visage tuméfié d'Abrax et fit glisser entre son index et son majeur une longue mèche tressée qui pendait sur le côté. Un sourire méprisant illumina sa face desséchée.

— Ton père n'a pas les moyens de nous combattre pour le moment.

Son front se plissa d'une détermination nouvelle pendant qu'il se relevait.

— Nous devons immédiatement nous mettre en chemin, dit-il. Je veux lui couper l'herbe sous le pied, l'empêcher de joindre ses forces à celles des autres autochtones.

— Mais nous ignorons dans quelle direction aller, rétorqua son bras droit. Les forêts sont étendues par ici et difficilement praticables à cause du sol couvert de ronces et de racines. Il y a des plaines à perte de vue, parsemées de bosquets dans lesquels il est aisé de se camoufler. Il ne sera pas facile de les trouver.

À cela, le fantassin resté jusqu'alors silencieux s'empressa d'ajouter :

— Dans les rangs, on raconte que les druides seraient à l'origine de nos récents échecs. Ils utiliseraient des sortilèges anciens, des mauvais tours pour nous faire tourner en rond.

Octavius Gradius leva la main et lui indiqua de se taire.

— Que m'importent ces croyances !

Puis il se tourna.

— Envoyez des éclaireurs dans toutes les directions et déployez une centurie pour les épauler. Je veux que les hommes se tiennent prêts à partir dans vingt minutes. Par la bite de Jupiter, nous finirons bien par les trouver !

— Que fait-on de lui ? s'enquit le second.

L'intonation dans la question laissa penser à Abrax que le soldat voulait sa mort.

— J'ai des projets pour lui, signifia Gradius. Enfermez-le avec les autres.

Saisi sous les bras, Abrax fut jeté sans ménagement dans une cage roulante recouverte de paille et sentant la pisse. Malgré la pénombre, il devina la présence de deux individus au fond de la carriole. Les deux silhouettes recroquevillées près des barreaux ne donnaient pas l'impression de s'intéresser à lui. Elles chuchotaient entre elles dans une langue inconnue quoique chantante, bien différente de celle qu'il employait. Abrax ne comprenait pas un traite mot de ce qui se racontait, mais l'inquiétude dans la voix de ses codétenus ne le rassura guère. Posant ses mains à plat sur le sol, il réprima une plainte en se repositionnant confortablement. Ce n'était pas le grand luxe ici mais au moins il n'était plus enchaîné. Ses poignets et ses chevilles le brûlaient comme un mauvais coup de soleil. Son corps endurait des douleurs lancinantes et sa tête… Par les Dieux ! Elle pulsait, vrombissait, tournait à un point qu'il en avait la nausée. Faiblement, il se cala dans un coin et, sans s'en rendre compte, s'endormit d'un sommeil de plomb.

Il rêva de Laucos, s'imaginant allongé contre lui dans les herbes hautes à l'ombre d'un pommier. Le dieu Belenos les honorait de sa présence, réchauffant l'air de ses bienfaits. Abrax avait posé sa tête sur le puissant torse de son amant et se laissait bercer par sa respiration tranquille, sa nuque se soulevant au gré de ses inspirations. Les doigts dans ses cheveux, Laucos jouait avec ses fines tresses blondes. Abrax goûtait aux joies d'une paix désirée. Dans son imagination, les Romains avaient déguerpi, le village était sain et sauf. Laucos et lui filaient le parfait amour.

Au bout d'un moment, Abrax finit par lever le menton, réclamant un baiser à son amant. Lorsqu'il vit penché au-dessus de lui le légat Octavius Titus Gradius avec un abominable rictus au coin des lèvres, Abrax sursauta violemment et se réveilla.

Il lui fallut le temps d'un battement de cœur pour comprendre qu'il n'avait jamais quitté sa prison. L'image de Laucos s'imprima dans son esprit. Il ne voulait pas mourir avant de s'être excusé pour son comportement, sans lui avoir dit combien il l'aimait. Abrax se recroquevilla sur lui-même en s'efforçant de garder espoir.

En jetant un œil à travers les barreaux, il réalisa deux choses. La première était qu'il avait froid, la seconde que le campement était silencieux. Trop.

Les feux étaient éteints, le bois carbonisé ne fumait plus, les tentes semblaient vides et les chevaux avaient disparu. Un poids s'abattit sur ses épaules. Les troupes étaient en route et il n'avait aucun moyen de prévenir son père.

— Tu as pleurniché comme une femme dans ton sommeil, lui apprit-on.

Abrax sursauta en reconnaissant l'accent solaire entendu plus tôt. Un des deux esclaves était assis en face de lui. Il était difficile de déterminer son âge tant sa peau était brunie par le soleil, mais Abrax estima qu'il avait moins de trente ans. Les épaules développées et le torse puissant, l'homme mesurait à vue de nez plus de six pieds. En dépit de sa physionomie spectaculaire, l'étranger envoyait des ondes calmes et apaisantes. La fine barbe qui recouvrait ses joues était aussi noire que le plumage d'un corbeau et ses dents plus blanches que la neige. C'était un bel homme aux yeux clairs et à la bouche attirante malgré la cicatrice qui lui défigurait la moitié du visage.

Pas besoin d'être un érudit pour comprendre qu'elle a été faite par une lame, songea Abrax.

Voyant l'intérêt que le nouveau venu portait à sa blessure, l'inconnu désigna sa cicatrice de l'index.

— Celui qui m'a fait cela est mort, expliqua-t-il.

Abrax était incapable de dire si c'était la vérité ou un mensonge.

— Vous parlez ma langue, releva-t-il simplement.

— Je parle bien des dialectes, reconnut l'inconnu. Qui est ce Laucos dont tu n'as pas cessé de gémir le nom ?

— Quelqu'un qui m'est particulièrement cher. Combien de temps ai-je dormi ?

— Suffisamment longtemps.

Abrax se redressa pour s'asseoir et grimaça. Une vive douleur à la tête le rappela à l'ordre.

— Depuis quand sont-ils partis ? demanda-t-il.

— Il y a trois heures à vue de nez.

Abrax fit un rapide calcul dans sa tête.

— Il faut un peu moins d'une journée pour atteindre mon village, réfléchit-il à voix haute. Si j'arrive à sortir d'ici, j'ai encore une chance de prévenir mon peuple.

Sur ce, il chercha à s'accroupir.

— On ne peut pas sortir, répliqua l'étranger, et dans ton état, tu n'iras pas loin de toute façon.

— Il doit bien y avoir un moyen, pourtant.

Déterminé, Abrax contracta les muscles de ses bras et serra ses doigts autour des barreaux de la porte pour la secouer de toutes ses forces, sans succès. Le bruit causé par l'agitation d'Abrax attira l'attention d'un garde attaché à la surveillance du camp.

— Fais attention, Gaulois, le menaça-t-il avec un gourdin. Je n'ai pas autant de patience que les autres.

Abrax n'insista pas et le surveillant s'éloigna, non sans un dernier coup d'œil mauvais dans sa direction.

— Je te le répète, reprit l'homme à la cicatrice. Tu ne peux pas t'enfuir.

Résigné, Abrax s'adossa contre les barreaux en dévisageant son interlocuteur.

— Quel est ton nom ? le questionna-t-il, quelque peu méfiant.

— Olympeo.

— Et lui ? demanda-t-il en désignant un individu de couleur noire, jusque-là resté silencieux.

— Dajan, des contrées africaines, se présenta l'homme en question.

— Je suis…

— Nous savons qui tu es, Abrax fils d'Ambiorix. Les Romains ont la langue bien pendue.

— Alors vous savez aussi que je dois trouver le moyen d'avertir mes gens qu'une attaque se prépare.

— Tes *gens* sont condamnés, déclara Olympeo. Octavius Titus Gradius n'est pas le genre d'homme à faire traîner les choses. Il va ratisser les alentours nuit et jour jusqu'à ce qu'il trouve ton village.

— Mon peuple ne se laissera pas envahir si facilement, lui rétorqua Abrax. Il combattra jusqu'au bout.

— C'est beaucoup d'énergie gaspillée pour rien si tu veux mon avis. Quand on fait face à la mort, il faut savoir accepter son étreinte.

— C'est peut-être ainsi que l'on voit les choses dans ta région mais, chez moi, on n'abandonne pas. On se bat jusqu'au bout.

Il déplia ses jambes engourdies. Ses galoches effleurèrent la cuisse épaisse de son interlocuteur.

— Quel genre de méfaits avez-vous commis pour être enfermés ici ? demanda-t-il.

Olympeo ricana et se tourna vers son compatriote pour s'exprimer dans sa langue natale. Les mots qu'il prononça amusèrent Dajan.

— Qu'ai-je dit de si drôle ? s'offusqua Abrax.

Olympeo redevint sérieux.

— Nous ne sommes pas des prisonniers, déclara-t-il.

— Qu'êtes-vous alors ?

— Des jouets.

CHAPITRE 6

Les ombres le suivaient à travers bois. Dès qu'il s'arrêtait pour reprendre son souffle ou pour étancher sa soif, il les voyait se faufiler entre les arbres, tels des spectres vaporeux et menaçants. Les loups gris hantaient la forêt d'Arduenna depuis des générations, c'était connu. Ils étaient féroces et sauvages, n'hésitaient pas à s'approcher des enclos pour voler des poules, attaquer des chèvres ou bien mordre des enfants aux pieds de leurs parents. Laucos savait qu'il devait s'en méfier comme de la peste, ne pas traîner et surtout ne pas se reposer. Sa course était rythmée par une détermination sans faille : délivrer Abrax des mains de l'envahisseur.

Et tandis qu'il sautait par-dessus les souches mortes, courait entre les ifs centenaires, cette volonté se transforma en une véritable obsession. Elle nourrissait son souffle, tendait ses muscles, augmentait sa vitesse. Elle lui donnait une raison de se surpasser. Laucos leva le menton vers le ciel étoilé. Au-dessus de lui, la lune brillait, pleine et entourée d'un halo bleu, lui ouvrant la voie dans cet univers boisé où le danger pouvait prendre la forme d'un terrier, d'une souche pourrie, d'une branche perdue. Laucos se concentra sur sa respiration, contrôlant le flux d'air qui entrait et sortait de ses poumons.

Ce n'est pas le moment d'avoir un point de côté, songea-t-il.

Chaque pas, chaque foulée, chaque bond le rapprochait de son amant, mais le poids de son armement et de son paquetage commençait à se faire sentir. Ses mollets étaient tiraillés, ses pieds le faisaient souffrir, comprimés qu'ils étaient dans leurs brogues[9].

Ne t'arrête pas ! s'encouragea-t-il. *Pense à Abrax.*

---

[9] Chaussures de cuir souple.

Et c'est ce qu'il fit. Il fouilla dans son passé à la recherche d'un souvenir. Parmi tous ceux qui enrichissaient sa mémoire, un événement se démarqua des autres, celui de l'hiver suivant leur premier baiser à la rivière.

Les premiers flocons étaient tombés durant les festivités de Samain. Au troisième jour des réjouissances, on ne parvenait plus à distinguer ni l'horizon ni le jour de la nuit tant le ciel était bas et nuageux. Les toits des chaumières étaient recouverts d'une épaisse couche de poudreuse, l'air givrait aussi bien les poumons que la terre des jardins. Les murs se fissuraient à cause du gel et les feux que l'on ravivait sans cesse peinaient à réchauffer l'intérieur des maisons.

D'ordinaire, le temps était encore suffisamment clément pour que l'on festoie à l'extérieur mais, par la force des choses, on dut détourner la forge de son utilité principale. Les outils de labeur furent entreposés dans un bâtiment secondaire ou tout simplement réunis dehors. Au-dessus d'un brasier de fortune, tournaient deux gros cochons sauvages. La cervoise coulait à flots, favorisant ainsi les hymnes et les chants. On jouait de la musique, on dansait. L'allégresse était de mise.

À la table d'honneur, Ambiorix et sa femme Britania présidaient le repas. À gauche du chef de clan étaient assis le grand druide Lebor, affublé de sa tenue de cérémonie blanche, le barde Gallos et le devin, Darius. Abrax et Garlec se tenaient fièrement à la droite de leur mère, un gobelet à la main. Les places secondaires, sur le côté, étaient occupées par les familles les plus influentes. Les emplacements suivants étaient dévolus aux lignées modestes et aux gens de basse condition.

Laucos ne faisait pas partie de ces gens-là, mais il se trouvait tout de même assez loin d'Abrax. Depuis leurs sièges respectifs, les amoureux s'échangeaient des regards complices et des sourires discrets. Abrax avait fière allure dans sa tenue d'apparat. Ses cheveux blonds retenus par un bandeau offraient à Laucos le loisir de plonger dans les grands yeux imbibés d'ambre de son amant.

À chaque fois qu'il souriait, deux fossettes venaient illuminer ses joues. Personne ne savait encore que leur relation avait à ce point évolué, et les deux jeunes hommes devaient se cacher pour partager de tendres moments. Tout mensonge était prétexte pour se voir dans l'intimité.

Laucos avait le cœur qui battait fort dès qu'il calait son visage dans le cou d'Abrax. Bouche contre bouche, langue contre langue, les amants se laissaient aller à divers préliminaires sans jamais franchir le pas.

Peu avant minuit, alors que la boisson avait enivré la plupart des convives, tous deux s'étaient dérobés aux réjouissances pour se retrouver chez Laucos. Le désir d'être ensemble, le besoin de se toucher, de lier leurs lèvres, étaient plus fort que tout. Sur le lit, Abrax s'était emboîté à Laucos, jambes emmêlées, doigts croisés. Il n'y avait rien de plus doux, de plus sain que d'être serré comme des racines dans la terre.

Abrax finit par faire une pause dans ses embrassades pour fixer Laucos droit dans les yeux. Son membre viril, comprimé dans ses braies se pressa durement contre le bas-ventre de son amant, exprimant ainsi tout le désir qu'il avait pour lui. L'excitation était à son comble chez Laucos qui se redressa sans rien dire pour dénouer le cordon qui retenait le vêtement d'Abrax. Toujours silencieux, il plongea la main à l'intérieur et le sentit tressaillir lorsque ses doigts un peu froids entourèrent son membre raidi.

Laucos rougit, à la fois intimidé et totalement excité. Sous la pression de son toucher, le sexe d'Abrax se durcit davantage. Une fois libérée de ses contraintes, Laucos admira pendant quelques secondes la virilité du prince puis l'entoura de ses lèvres pour débuter ses longs va-et-vient. Abrax se raidit littéralement lorsque la bouche de Laucos se referma sur son érection. Fermant les yeux, il profita de la langue qui tournoyait précieusement autour de son gland, et qui lui procurait toute une série de plaisirs inconnus. La cavité buccale de Laucos était chaude, moite, douce. Une vague de sensations déferla tout le long de sa verge épaisse. Laucos s'exécutait avec le plus grand soin.

Les oreilles brûlantes, Abrax se contracta au bout de cinq minutes. L'orgasme approchant, il posa la main sur la nuque de Laucos et le fit s'arrêter.

— Attends, lui murmura-t-il dans un souffle chaud avant de se lever pour se déshabiller totalement.

Laucos connaissait ce corps de charpentier par cœur. Il loucha sur ses pectoraux parfaitement dessinés, ses abdominaux apparents, ses cuisses fermes. Cette montagne de muscles lui faisait un peu peur par moment et, en même temps, il en rêvait avec une telle ardeur !

Abrax, retournant sur le tas de fourrures et de coussins, entreprit de dévêtir son partenaire. Lentement, tendrement. Lorsqu'il eut terminé, il embrassa chaque centimètre carré de sa peau frissonnante de froid, de peur et d'envie. Laucos soupira dans l'air réchauffé de la pièce. Le duvet blond qui recouvrait les joues d'Abrax le chatouillait, ses lèvres gonflées par la convoitise le rafraîchissaient, sa langue le stimulait. Lorsqu'Abrax atteignit sa verge tendue et qu'il la prit à son tour dans la bouche, Laucos tremblota. Très vite, il succomba aux caresses buccales qu'on lui offrait, au point d'en avoir le souffle coupé. Ses doigts se cramponnèrent à la chevelure emmêlée d'Abrax et il se perdit complètement dans une avalanche de bien-être.

Conscients qu'ils avaient encore beaucoup à apprendre avant de se donner totalement l'un à l'autre, Abrax et Laucos n'avaient pas été plus loin, atteignant l'orgasme en se masturbant réciproquement, assis en tailleur, l'un en face de l'autre.

Laucos souffla de la condensation dans l'air humide de l'aube. Cette *première fois*, resterait gravée dans sa mémoire jusqu'à sa mort.

Au détour d'un chemin de terre, il déboucha sur une clairière. Il était convaincu que les loups n'étaient plus sur ses talons, mais le reflet de leurs pupilles miroitant dans l'obscurité du sous-bois lui indiqua qu'il se trompait.

— Maudites bêtes ! grommela-t-il en se retournant.

Il n'avait pas le choix. S'il voulait la paix, il devait les affronter. Avec soulagement, il se débarrassa de son équipement, s'empara d'un long coutelas et laissa les canidés s'approcher. L'alpha apparut le premier, babines retroussées sur des crocs jaunâtres, suivi de très près par trois mâles bêta.

— Allez ! Approche ! s'écria Laucos en fixant le mâle dominant qui grognait. Je n'ai pas que ça à faire !

Et comme s'il avait compris ses paroles, le loup s'élança pour bondir sur lui. Laucos se décala rapidement sur le côté et, d'un coup de lame, éventra le flanc de l'animal qui retomba les tripes à l'air. Aussitôt, un nouveau spécimen l'attaqua et le saisit au mollet. Laucos poussa un cri de rage, à la fois à cause de la douleur qui lui meurtrit la chair mais également pour se redonner du courage. À force de tirer sur sa jambe, le loup réussit à le renverser. Par chance, un tapis de mousse et d'écorces amortit sa chute. En dépit des secousses que lui infligeait la bête, Laucos donna de nombreux coups dans l'échine de l'agresseur pendu à sa jambe. L'épaisse couche de poils et la graisse sous la peau dévièrent plusieurs fois la lame, ne causant qu'une blessure superficielle, mais le jeune loup n'en jappa pas moins en s'éloignant la queue entre les pattes.

Malgré la morsure, Laucos se redressa juste assez vite pour saisir à la gorge un troisième animal qui venait de lui sauter dessus. Emporté par le poids du prédateur, le guerrier se renversa une nouvelle fois sur le dos. La bête enrageait, la gueule à quelques centimètres de son visage, simplement bloquée par ses avant-bras. Réunissant toutes ses forces, Laucos plia le genou, glissa le pied sous le ventre du chien sauvage et l'éjecta en l'air. Se relevant aussi sec pour se repositionner, il attrapa quelques pierres à ses pieds et les jeta devant lui. Un caillou atteignit un loup à la cuisse qui détala sous la violence du choc, un autre ensanglanta un museau. Finalement, réalisant qu'elle n'obtiendrait gain cause qu'au prix d'un effort trop coûteux, la meute abandonna et s'enfuit dans les bois.

CHAPITRE 7

— Vous m'avez tout l'air d'être des esclaves, déclara Abrax en soulevant ses sourcils d'or.

— Nous ne sommes pas tout à fait des esclaves, indiqua Olympeo. On nous emploie à donner du plaisir !

L'étranger s'empoigna l'entrejambe avant d'éclater de rire. Abrax se renfrogna, l'autre s'en aperçut.

— Tu m'as l'air suffisamment mûr pour connaître les choses de l'amour physique, déclara-t-il.

— Je sais ce qu'il y a à savoir, répondit sèchement Abrax.

— Tu es sûr ? Tu te comportes comme une pucelle.

— J'ignorais simplement l'existence de telles pratiques.

— Dans la société romaine, tout est question d'argent, et puis les putes existent depuis que le monde est monde.

— Je ne crois pas en avoir jamais vues jusqu'à ce jour.

Dajan grogna dans son coin.

— Ai-je dit quelque chose de contrariant ? se moqua gentiment Abrax.

— Nous ne sommes pas semblables à la catin que tu aperçois dénudée à l'entrée d'une taverne, ni des jouvenceaux qu'on tripote à la volée.

— On vous rétribue pourtant les mêmes services, fit remarquer Abrax.

— Nous pratiquons un art très recherché. Sous nos caresses, les femmes jouissent comme personne. Et mon ami taciturne a une bite qui ferait rougir le grand Pan en personne.

Cette phrase fit ricaner le gaulois.

— Vous êtes peut-être tous les deux des hommes de grand talent, vous n'en dormez pas moins sur de la paille humide de pisse, répliquat-il.

Olympeo baissa la tête, un sourire amer au coin de la bouche.

— Tu dis vrai, admit-il. Nous donnons du plaisir, mais nous ne sommes guère mieux lotis que du bétail. C'est là que le bât blesse.

Olympeo reprit :

— Nous avons été vendus à Gradius pour enrichir les dortoirs de son luxueux bordel. Notre ancien propriétaire n'avait plus les moyens de nous garder.

— Et où se trouve cet établissement ?

— À Narbonne.

— Narbonne, répéta Abrax qui ignorait où se situait la cité.

Subitement, les mots de Gradius prirent une nouvelle signification.

« J'ai d'autres projets pour lui. »

Un frisson plus violent que les autres traversa le prisonnier. Était-il possible que le citoyen de Rome eut dans l'idée de faire de lui une vulgaire marchandise ?

— Il faut que je sorte d'ici, décida Abrax.

— T'as la caboche dure comme de la pierre, toi ! s'esclaffa Olympeo.

— Je n'ai pas envie de finir dans un lupanar avec des gens de votre espèce.

Les deux esclaves accusèrent la remarque.

— Y a des lieux bien pires que ça, lui confia-t-on.

— Il n'y a qu'un seul endroit qui m'importe.

— Les jupons de ta mère ? se moqua Dajan en dévoilant une rangée de dents parfaitement blanches.

Les bras de Laucos, pensa Abrax.

Et le sourire de celui-ci se matérialisa aussitôt dans son esprit, si lumineux qu'il en oublia la douleur qui irradiait sa mâchoire ou bien les muscles courbaturés de son dos.

Le préposé à la surveillance du camp revint vers eux avec trois écuelles. Abrax réalisa qu'il n'avait rien avalé depuis sa capture. Avec ce qu'il avait traversé, entre les brutalités encaissées et l'absence prolongée de Laucos, il n'avait pas faim, mais le bon sens le poussa quand même à accepter le potage et la galette tendus par le garde.

Je n'irai pas loin le ventre vide, raisonna-t-il en son for intérieur. *J'ai besoin de recouvrer des forces*.

— Magnez-vous d'avaler ça, on ne va pas tarder à partir, leur ordonna le soldat.

Tout en buvant comme il le pouvait sa soupe, Abrax réfléchit à la meilleure façon de s'enfuir. Les options étaient limitées. De toute évidence, il ne pouvait pas compter sur ses deux compères pour prendre le large. Il jeta un coup d'œil en biais. S'il parvenait à attirer le surveillant jusqu'à lui, peut-être parviendrait-il à lui dérober les clés de la cage. Ses codétenus l'empêcheraient-ils de mener à bien son projet ? C'était là tout le fond du problème.

Son repas terminé, Abrax repoussa son bol et se racla la gorge.

— Si je tente de m'échapper, dit-il avec franchise, vous ne m'aiderez pas, n'est-ce pas ?

— Aucune chance.

— Et si je vous propose de fuir avec moi ?

— Pourquoi ferions-nous une telle chose ?

— Pour devenir des hommes libres.

Dajan et Olympeo échangèrent un regard puis explosèrent de rire. Leur attitude nonchalante heurta l'ego d'Abrax qui se renfrogna un peu plus. Son sang ne fit qu'un tour, une bouffée de chaleur le submergea et il serra les poings.

— Je ne vois pas ce qu'il y a de drôle dans ma proposition ! s'agaça-t-il.

Olympeo répondit.

— Devenir un affranchi, dis-tu ? Je préfère être au service d'un *leno*[10] et avoir le ventre plein, plutôt que d'être un homme libre qui crève de faim !

Abrax ne comprenait pas que l'on puisse à ce point se priver de liberté pour quelques menus plaisirs. Comment pouvait-on se contenter de cette vie de soumission ? La cage de fer lui parut tout à coup particulièrement étroite.

---

[10] Nom donné au propriétaire d'un lupanar.

Il faut à tout prix que je sorte d'ici ! maugréa-t-il intérieurement avant d'apercevoir une ombre se faufiler entre deux tentes dans le petit matin.

CHAPITRE 8

Laucos quitta la lisière de la forêt pour se précipiter vers une rangée de tentes rouges derrière lesquelles il se cacha. Différentes voix résonnaient autour de lui, certainement des gardes restés en retrait pour s'occuper du camp. À première vue, les hommes semblaient détendus, certains riaient, d'autres sifflotaient. L'attention était relâchée mais l'espion n'en resta moins sur ses gardes. En se déplaçant prudemment entre les toiles tendues, Laucos serra fermement le manche de son couteau, prêt à s'en servir. Il avait été formé au combat rapproché et sa dextérité dans le maniement des lames courtes ne faisait plus débat au sein du clan. Il pria quand même pour ne pas tomber nez à nez avec une poignée d'hommes, car l'équilibre des forces s'en trouverait légèrement modifié et Laucos n'était pas sûr de faire le poids contre une formation de légionnaires.

Dans son empressement à vouloir sauver Abrax, le jeune Celte n'avait pas élaboré le moindre plan. Bien des fois son compagnon lui avait reproché son manque de discernement. Aujourd'hui ne faisait pas exception.

— Tu dois sans cesse anticiper les intentions de ton adversaire, lui avait un jour fait remarquer Abrax au cours d'un entraînement. N'attaque jamais de front…

— Je ne fonce jamais tête baissée ! avait répliqué Laucos.

— Dans ce cas, comment expliques-tu que je parvienne à te désarmer à chaque fois que nous nous battons ?

Abrax lui avait envoyé un de ses sourires ravageurs, un de ceux qui faisaient rougir les filles en âge de se marier. Laucos avait froncé les sourcils, piqué par la remarque. En position de combat, il avait redressé son glaive pour taquiner son amant.

— On va bien voir si ce que tu dis se confirme, avait-il lâché, un peu vexé.

Et les deux hommes avaient échangé une longue série de coups.

Le fer de leurs lames émoussées avait crié, résonné, scintillé à la lueur du jour déclinant jusqu'à ce que Laucos, dans un déplacement maladroit, s'entremêle les pieds pour retomber dans les bras musclés d'Abrax. Ils étaient restés ainsi un long moment, les yeux dans les yeux, puis le colosse blond avait caressé du pouce la joue colorée de son compagnon pour mieux presser ses lèvres contre les siennes. Sous le poids de l'émotion, les jambes de Laucos s'étaient dérobées, emportant les amoureux qui avaient continué de s'embrasser comme si de rien n'était.

La plupart de leurs entraînements se terminaient de cette façon.

Laucos secoua la tête pour chasser ce souvenir qui lui donnait le cafard et se concentra sur sa mission. Son impulsivité risquait de lui coûter cher. À dix contre un, les chances de s'en sortir étaient minces. Or la vie d'Abrax dépendait de son habileté à ne pas se faire repérer.

Les chapiteaux les plus luxueux, ceux qui appartenaient aux personnages de rangs supérieurs, devaient se situer en amont. L'intrus longea donc les allées que formaient les structures voilées pour rejoindre le centre du campement. Malgré la fatigue, les courbatures et sa blessure au mollet, tous ses sens étaient en alerte. Son attention était décuplée. Sa vigilance exacerbée. Pas suffisamment toutefois, car au détour d'un carrefour, Laucos percuta un soldat surgissant de nulle part. Surpris par le choc de la rencontre, le Romain laissa tomber le plastron métallique, le glaive et le casque qu'il portait dans ses bras. Un air ahuri marqua ses traits lorsqu'il réalisa qu'il venait de se cogner contre un étranger et non contre un de ses concitoyens. Sa bouche s'arrondit, ses yeux s'écarquillèrent. Avant qu'il ne sonne l'alerte, Laucos le menaça de son arme.

— Ne fais pas un bruit sinon je te tranche la gorge, l'avertit-il dans sa propre langue.

Le fantassin ne comprit pas la menace mais lut la mise en garde dans les éclats bleutés de son agresseur. Il déglutit, leva les mains en l'air, montrant ainsi qu'il ne constituait pas un danger et fit un pas en arrière. Laucos avait des notions de latin, mais son vocabulaire n'était pas aussi riche que celui d'Abrax. Le barbare réitéra donc son avertissement en baragouinant un mot ou deux dans le dialecte du soldat puis obligea son otage à s'agenouiller.

— Où est le Gaulois ? insista-t-il d'un ton agressif en passant derrière son otage pour lui piquer les reins.

— ...

— Le grand blond ? Cheveux longs ?

La pointe du couteau logée dans son dos aidant, le militaire finit par obtempérer. Il orienta son doigt en direction de l'est.

— Très bien, dit Laucos en le faisant se relever. Allons-y, et pas un bruit.

Le fantassin conduisit Laucos non loin d'une cage amovible, légèrement en bordure du camp. Lorsque ce dernier aperçut Abrax enfermé comme un animal sauvage, son cœur fit un soubresaut dans sa poitrine. De nerf, il asséna un coup bien placé sur la nuque du Romain qui tomba inanimé. Les quelques mètres qu'il dût parcourir pour atteindre la roulotte lui parurent interminables. De son côté, Abrax crut voir une apparition, mais lorsque les traits de Laucos se dessinèrent dans le petit matin, son visage s'illumina.

— Laucos ! s'écria-t-il, désireux de sortir pour le serrer contre lui.

Arrivé à sa hauteur, Laucos s'empressa de voler un baiser à son amant. À travers les barreaux, celui-ci fut le plus merveilleux des baisers. Passionné, viril. Malgré sa lèvre abîmée qui le lançait, Abrax sentit une joie immense l'envahir.

— J'ai cru t'avoir perdu ! expliqua Laucos en constatant les blessures d'Abrax.

Sa voix était brisée, grelottante, mais aussi pleine d'espoir. Toute la tension de ces dernières heures le quittait progressivement.

— Je suis désolé, répondit Abrax en serrant ses doigts autour des mains de son sauveur. Je n'aurais jamais dû te parler comme je l'ai fait. Je m'en veux tellement si tu savais.

— C'est oublié, indiqua Laucos.

— Tout ce que je voulais, c'était te protéger. Tu comprends, n'est-ce pas ?

— Je sais, et ça n'a plus la moindre importance maintenant que je t'ai retrouvé.

— Est-ce que tu me pardonnes ?

— Évidemment, mais peut-on en reparler un peu plus tard ? Ce n'est vraiment pas le bon moment !

Abrax approuva d'un signe de tête.

— Je vais te sortir de là, promit le libérateur.

Et d'un coup de glaive, il brisa la chaîne qui retenait les portes de la prison roulante.

— Tu es blessé ? s'enquit Laucos en prenant réellement conscience des contusions qui marquaient le visage d'Abrax.

— Rien de grave, rassure-toi. Je suis coriace, tu sais bien.

Laucos avait envie de massacrer tous les Romains pour ce qu'ils avaient fait endurer à l'homme de sa vie.

— Je vais tous les étriper, ces maudits chiens !

— Du calme, fit Abrax en posant ses deux larges mains sur les joues du coléreux. Il n'y a pas une minute à perdre. Des soldats ont pris la route tôt ce matin. Il faut absolument prévenir mon père de leur arrivée.

— Il m'a fallu la nuit entière pour te trouver, indiqua Laucos. Dans ton état, nous ne parviendrons jamais à temps.

— Dans ce cas, trouve un cheval et galope sans t'arrêter. Tu connais la région aussi bien que moi. Si tu prends les chemins de traverse, tu peux encore les devancer.

— Il est hors de question que je t'abandonne ici !

— Nous ne pouvons pas laisser nos familles à la merci des Romains. J'irai me réfugier dans les bois. Tu m'y retrouveras plus tard.

— Je refuse, s'obstina Laucos. Je t'ai perdu une fois, je ne veux pas revivre ça.

— Pour l'amour des dieux, Laucos. Fais ce que je te dis pour une fois !

Laucos détourna ses prunelles azur pour les poser sur la forêt. Il était tenaillé entre son devoir et son amour pour Abrax. Tout s'emmêlait dans son esprit. Il ne pouvait pas se résoudre à laisser son compagnon derrière lui.

— Je ne peux pas, murmura-t-il. Je t'en prie, ne me demande pas de faire ça.

— Je ne veux pas te quitter moi non plus, avoua le Gaulois blond, mais je m'en voudrais jusqu'à la fin de ma vie si nous ne faisions rien pour sauver notre peuple.

Laucos poussa un long soupir. Il comprenait le dilemme, mais ne pouvait se résoudre à faire ce qu'on attendait de lui. Par-dessus l'épaule de son partenaire, une ombre remua.

— Qui est-ce ? demanda-t-il en s'armant.

Son compagnon lui retint le bras.

— Ce sont des esclaves, indiqua-t-il. Ils ne constituent pas une menace.

— Ton homme dit vrai, annonça Olympeo en se décontractant les reins. Nous ne sommes pas vos ennemis.

— Je ne vous considère pas comme des amis pour autant, précisa Abrax d'une voix méfiante avant de se tourner vers Laucos.

— Mon amour, je t'en prie, dit-il. Nous n'avons pas le temps de tergiverser…

Un bruit de pas métallique et cadencé le fit s'interrompre brusquement. Tous relevèrent le visage vers une troupe d'hommes armés marchant à l'unisson vers eux. Abrax passa devant Laucos pour le protéger.

— Il est temps que je regagne mes pénates, siffla Olympeo.

Et sans attendre l'avis de quiconque, il retourna loger dans sa cage avec Dajan.

— Vous devriez rendre les armes, conseilla-t-il aux Gaulois en refermant la porte qui grinça derrière lui.

Abrax pivota pour embrasser Laucos à pleine bouche et le serrer dans ses bras le temps d'un battement de cœur.

— Je vais faire diversion, indiqua-t-il. Trouve un cheval et pars. Pour notre peuple.

— Pour notre peuple, répéta Laucos à contrecœur.

Un ultime baiser scella leur destin et, s'emparant du glaive de

Laucos, Abrax fonça droit devant lui sans réfléchir.

CHAPITRE 9

Le cœur serré, Laucos s'enfuit à travers les allées que formaient les cordes tendues et les toiles tirées. Le camp avait des allures de labyrinthe et chaque croisement conduisait à un autre carrefour, ce qui rendait sa fuite beaucoup plus difficile que prévu. Derrière lui, des ordres et des consignes accompagnaient le cliquetis des cuirasses des fantassins envoyés à sa poursuite. Haletant, il s'arrêta un instant. Par où aller ? Dans quelle direction ? Un terrible sentiment d'abandon et de solitude le gagna.

Il ne voulait pas fuir. Il ne voulait pas perdre l'amour de sa vie une seconde fois. Des voix rauques s'élevaient au-dessus des tentes. Le fugitif tendit l'oreille. Au loin, les beuglements d'Abrax lui indiquèrent qu'il était encore debout. Mais combien de temps résisterait-il ?

Laucos s'efforça de résister à la petite voix dans sa tête qui lui enjoignait de faire demi-tour et repris sa course. Deux archers apparurent dans son dos et lui décochèrent une bordée de flèches qui sifflèrent près de ses oreilles. Avant que l'une d'entre elles ne l'atteignît, Laucos tourna à droite puis à gauche, s'engouffra dans une tente vide, en sortit par une fente qu'il fit à même le tissu et sema ses assaillants. Mais le danger était partout et Laucos resta sur ses gardes. Finalement, par le plus grand des hasards, il tomba sur un enclos à chevaux gardé par trois hommes. L'odeur caractéristique du fumier mêlée à celle plus musquée des équidés lui monta au nez et lui fit penser à son village.

Pas le temps de rêvasser !

Le premier adversaire ne posa pas véritablement de difficultés. Un couteau logé dans l'artère du cou lui ôta tout désir de lutte. Les deux autres empoignèrent leur glaive et attaquèrent Laucos simultanément. Le danger qu'ils constituaient n'était qu'apparence. Par une série de pas chassés associés à des mouvements rapides et à des sauts parfaitement exécutés, le Gaulois vint rapidement à bout de ses agresseurs. Sans se soucier de leur corps reposant sur le sol boueux, Laucos choisit le plus robuste des étalons, le monta et déguerpit sans demander son reste.

La raison l'invitait à suivre les instructions d'Abrax, mais son cœur et son âme lui criaient tout autre chose.

Galopant à vive allure, il se ravisa et retourna à l'endroit où il avait laissé son compagnon. Ce dernier avait foncé dans le tas, sans se poser de questions.

Vaille que vaille, avait-il ruminé avant de s'engouffrer dans la mêlée.

Les hommes qu'il affrontait maintenant étaient tous plus petits que lui d'une bonne tête. De loin, il avait l'air d'un géant bataillant au beau milieu d'une troupe de nains. Bien qu'éprouvé par l'effort, Abrax parvenait encore à griffer l'air de son glaive, assénant à intervalles réguliers de rudes coups de poing par-ci, de redoutables coups de tête par-là.

Le soleil avait fini par se lever au-dessus de la cime des arbres et ses rayons inondaient sa chevelure flamboyante, faisant étinceler les pièces de métal disséminées dans ses mèches ou bien le torque[11] suspendu à son cou. Ses hurlements de rage se confondaient avec les cris de douleur des soldats aux nez brisés par une percussion du coude, ou la cuisse tailladée par un coup de lame. À ses pieds, gémissaient comme des enfants ses adversaires déjà vaincus.

— Abrax ! hurla Laucos en piétinant à grand coup de sabots les Romains à terre. Monte !

— Va-t'en ! s'égosilla Abrax sur un ton incisif.

— Pas sans toi !

Et Laucos lui offrit son avant-bras pour qu'il s'y agrippe.

Cependant, dans le tumulte un légionnaire qui saignait à la tempe lui attrapa le poignet et le tira vers le bas. Il fallut à Laucos toute sa

---

[11] Collier de forme arrondie fabriqué à partir des brins de métal terminé par des extrémités plus ou moins travaillées.

détermination pour ne pas lâcher les rênes et glisser de selle.

D'un mouvement sec, Abrax trancha la main du Romain, offrant au cavalier la possibilité de se redresser. Il déroba son casque au soldat qui se tenait le moignon pour en frapper un autre en plein visage.

— Pars ! hurla-t-il à l'adresse de son amant. Fous-le camp !

Manœuvrant avec adresse, Laucos fit tournoyer son étalon sur lui-même afin d'écraser d'éventuelles menaces, donna ensuite un coup sec sur les flancs de l'animal et détala sans oser se retourner.

Abrax, lui, jeta un furtif coup d'œil vers l'horizon. Le combat avait amplifié sa colère, mais il n'en éprouvait pas moins une tristesse immense, sachant qu'il regardait sans doute pour la dernière fois de sa vie celui qui comptait le plus au monde pour lui.

Et puis, comme si toute sa volonté l'avait soudain quitté, il s'abandonna finalement à ses adversaires toujours plus nombreux.

Laucos laissa les larmes noyer ses prunelles bleues. Alors que son destrier galopait à vive allure, il poussa un cri de rage.

Ne te retourne pas ! *Ne te retourne pas* !

Mais il se retourna et ce qu'il vit lui fit tellement mal qu'il aurait voulu mourir sur le champ. Abrax était assailli par l'ennemi. D'autres soldats venus prêter main forte à la garnison s'étaient jetés sur le géant celte pour le plaquer au sol. Chacun y allant de son uppercut ou de son coup de talon pour le mettre à bas. Laucos serra la mâchoire et ordonna à son cheval de galoper plus vite.

C'est alors qu'une douleur aiguë lui terrassa l'épaule droite, manquant de le faire passer par-dessus sa monture. Il se rattrapa de justesse à la crinière de la bête, mais une volée de flèches supplémentaire vint se planter dans la croupe de l'animal qui se cabra, le faisant chuter. Le choc fut rude et l'arrière de sa tête heurta un caillou.

La dernière image que vit Laucos avant de s'évanouir fut le regard apeuré de son canasson avant qu'il ne détale.

CHAPITRE 10

La première sensation qu'Abrax éprouva lorsqu'il émergea des ténèbres fut la soif. Sa gorge était tellement sèche qu'il aurait pu boire l'eau fraîche de la *Mosa*[12] jusqu'à en assécher le lit. Le brouillard causé par son récent passage à tabac paralysait encore ses sens, mais une série d'informations lui parvenait tout de même avec une étrange acuité : le bruit d'une roue qui grince, le battement régulier des fers à chevaux contre le sol rocailleux, le cuir d'une jupe romaine qui crisse, les secousses d'un chariot en mouvement. Abrax se força à ouvrir les yeux. La lumière du soleil l'éblouit violemment et, machinalement, il leva une main pour ombrager son visage. Un vent chaud, chargé de senteurs inconnues, fit claquer une bannière tout près de lui. Lorsqu'il voulut parler, sa mâchoire craqua et une vive douleur lui traversa les gencives. D'instinct, il cala sa joue dans la paume de sa main en poussant un grognement. Une fois ses yeux habitués à la lueur du jour, Abrax réalisa qu'il était de nouveau enfermé dans sa cellule roulante et que Laucos faisait également partie du voyage. Il releva par la même occasion l'absence de Dajan et d'Olympeo.

La peur de souffrir lui interdit tout mouvement brusque. Aussi articula-t-il le prénom de Laucos avec précaution, mais le son de sa voix fut si faible que cela ne réveilla pas son compagnon. Après réflexion, il décida de le laisser dormir. Il se redressa en grimaçant pour mieux poser sa tête contre les barreaux et l'observa avec amour. Le jeune homme assoupi avait les cheveux poisseux et du sang avait séché sur ses tempes. Une fine barbe noire couvrait ses joues et on lui avait ôté sa tunique pour lui bander la moitié du torse ainsi qu'une partie de

---

[12] Fleuve qui traverse la France, la Belgique et les Pays-Bas, rebaptisé plus tardivement la Meuse.

l'épaule.

Laucos avait été transpercé d'une flèche dans le dos mais, par bonheur, cela ne lui avait pas était fatal. Un sourire timide naquit sur les lèvres du prince. Il en fallait plus pour tuer un Éburon et encore davantage pour venir à bout de son amant de *renard*.

Malicieusement, Abrax laissa errer son regard caramel sur la musculature de son homme. Il transpirait la fougue et la fierté. Même dans son sommeil, Laucos arborait encore cette attitude teigneuse et rebelle qui le caractérisait tant et dont, lui, Abrax fils d'Ambiorix, raffolait. Il poussa un bref soupir. Que ne donnerait-il pas pour un baiser ?

Son attention se posa sur le paysage qui se déployait au-delà de la cage. Il ne reconnaissait pas les lieux et de nombreuses questions le taraudaient.

Pourquoi étaient-ils tous les deux encore vivants ? Pour quelle raison obscure ne les avait-on pas laissé mourir ?

Se rendaient-ils à *Narbonne* comme il le soupçonnait ?

Une sombre pensée lui traversa soudain l'esprit et ce fut comme si tout le poids du monde lui tombait sur les épaules.

À l'heure qu'il était, l'armée de Gradius devait avoir saccagé son village. Son père, sa mère, ses amis avaient-ils réussi à s'échapper ? La tête du grand Ambiorix avait-elle été plantée au bout d'une pique ? Abrax fronça les sourcils, priant les dieux pour que sa tendre mère n'ait pas été violée ou emportée comme trophée de guerre. Et tous les autres, les survivants ? Étaient-ils voués à servir d'esclaves ?

Ses réflexions le mirent dans un tel état d'anxiété et de rage qu'il frappa le sol avec son poing. Le bruit du choc sortit brusquement Laucos de ses rêves.

— Mon amour, dit Abrax en fondant en larmes, incapable de résister plus longtemps au chagrin que la perte de tous ces êtres chers lui causait.

Silencieusement, Laucos se traîna jusqu'à son codétenu.

Les poils de sa barbe chatouillèrent la peau d'Abrax lorsqu'il laissa reposer sa joue contre son torse bombé.

— Tout va bien, murmura-t-il doucement. Je suis là, avec toi.

— J'ai échoué, sanglota Abrax.

— Seul *Maponos* aurait été en mesure de leur tenir tête. Nous avons fait tout notre possible.

— Mon père n'aurait pas échoué, protesta Abrax en relevant la tête. J'aurai dû être plus rapide, plus adroit, moins…

Laucos lui caressa la pommette droite du pouce.

— Tu n'es qu'un homme, Abrax.

— Incapable de protéger mon frère, ma mère et tous les autres.

Abrax renifla, les yeux rouges.

— C'était mon devoir, tu comprends ? prononça-t-il tout bas. Tout ce qu'on attend d'un chef de tribu.

Sa voix devint une plainte et ses larmes redoublèrent. Laucos embrassa le sommet de son crâne. Les mèches blondes étaient emmêlées. Des nœuds s'étaient formés et quelques nattes s'étaient défaites, mais sa chevelure sentait toujours la camomille et le miel.

Cette odeur lui rappela l'été où ils avaient véritablement fait l'amour pour la première fois. Laucos avait conduit Abrax hors du village pour une promenade en amoureux. Le soleil brillait haut dans le ciel bleu cet après-midi-là. L'air était sec, parfumé par mille et une fleurs sauvages. Après une balade au bord de la rivière, Abrax avait insisté pour s'allonger dans un champ de blé où se mêlaient des coquelicots d'un rouge criard et des dauphinelles d'un violet étincelant. La chaleur était si étouffante que les deux amants ne portaient rien d'autre que des braies resserrées aux genoux et une paire de sandales, laissant leurs visages, leurs torses et leurs bras musculeux s'embrunir délicatement.

— Crois-tu qu'on nous laissera vivre ensemble ? avait demandé Laucos, couché sur le ventre, une tige de blé entre les dents.

— Pourquoi en irait-il autrement ? avait répondu Abrax. Nous nous aimons.

— Certains disent au village qu'il serait temps que nous épousions des femmes.

— Les gens disent n'importe quoi, lui avait assuré Abrax en lui volant l'épi de la bouche pour l'attirer contre lui et presser ses lèvres charnues contre les siennes.

Autour d'eux, les stridulations des sauterelles avaient rythmé leurs baisers sauvages.

Leurs jeux mutins et leurs timides préliminaires n'étant plus suffisants, ils envisageaient depuis quelque temps de passer à l'acte. L'un et l'autre avaient envie de plus. Laucos particulièrement ressentait le besoin d'avoir Abrax en lui. Il voulait concrétiser leur amour par l'union de leurs corps.

— J'ai envie de toi, avait-il lascivement chuchoté à l'oreille d'Abrax en dénouant le cordon qui retenait son vêtement.

De l'index, Laucos avait suivi la ligne de poils qui courait depuis la toison dorée de son partenaire jusqu'à son nombril. Là, il s'était penché au-dessus pour y déposer quelques baisers.

— Tu me chatouilles, avait pouffé Abrax.

En remontant encore un peu plus, Laucos avait rencontré la chaîne montagneuse de ses abdominaux. Une fois l'obstacle surmonté, il s'était légèrement décalé afin d'exciter un téton rose de la pointe de la langue. Il s'y était attardé, le suçotant, le titillant avec gourmandise. La démarche se voulait sensuelle. Enfin, ses lèvres avaient rejoint celles d'Abrax pour un baiser langoureux.

Sous l'effet de l'excitation, Abrax s'était alors redressé pour opérer une roulade sur le côté et se retrouver sur son compagnon. Son sexe bandait durement au-dessus du sien. Laucos avait relevé les jambes pour les nouer autour des hanches de son amant, offrant ainsi son intimité à peine protégée par le tissu de son pantalon.

— Je veux que tu sois mien, avait-il susurré en mordillant la lèvre inférieure qui, une demi-seconde plus tôt, tremblotait devant lui.

— Et je veux être à toi, avait répondu Abrax. À tout jamais.

En moins de temps qu'il ne fallait pour le dire, les deux hommes s'étaient retrouvés nus dans les chaumes. Peau contre peau. Sexe contre sexe. Bouche contre bouche. L'appréhension les avait gagnés devant cette nouvelle étape de leur vie de couple, mais rien ni personne n'aurait pu s'opposer à cette union physique. Jusque-là, ils avaient pris leur temps, préférant se découvrir en douceur, mais lorsque Abrax avait écarté les cuisses de Laucos pour le pénétrer, les flammes de la passion les avaient aussitôt animés. Cette fusion des chairs était ce qu'ils avaient toujours attendu. Ils ne formaient plus qu'un dans le plaisir. Une fois les premières douleurs de la pénétration passées, Laucos s'était complètement abandonné aux va-et-vient de son partenaire. Son anus, son bassin, sa colonne vertébrale étaient tour à tour électrisés, stimulés.

C'était une sensation étrange, à mi-chemin entre la crainte d'être déchiré de l'intérieur et la satisfaction d'être pleinement possédé. Laucos transpirait à grosses gouttes, haletait, frissonnait, les mains plaquées contre le fessier d'Abrax pour l'inciter à le prendre plus en profondeur. Il le sentait aller et venir en lui, butant contre son point sensible à chaque passage. De son côté, le géant blond avait eu l'impression de fendre son partenaire tant ce dernier était étroit. Humide, chaud et doux, Laucos avait emprisonné sa verge de tout son être. Sa chair qui se frottait inlassablement contre son gland lui avait fait tant d'effet qu'il en avait eu des bouffées de chaleur et le souffle coupé.

L'expérience avait été si érotiquement différente de leurs habituels préliminaires que, dans le feu de l'action, l'orgasme avait surgi rapidement.

Perdant le contrôle, Abrax avait senti ses testicules se contracter, sa verge se tendre et une vague de chaleur l'avait consumé au moment de jouir. Laucos était venu dans la foulée par le biais de longues giclées tièdes et libératrices. Pendant un furtif moment, les deux tourtereaux avaient touché du doigt cette petite mort durant laquelle plus rien n'a d'importance. Aujourd'hui encore, Laucos trouvait qu'il y avait eu un caractère sacré dans ce premier acte sexuel, une dose d'instinct animal et de conscience divine.

Une part de lui avait été transférée chez Abrax et *vice versa*.

Une violente secousse et un beuglement viril firent revenir Laucos à la réalité. L'âpreté de la situation lui fit l'effet d'une gifle. La cage roulante dans laquelle il était emprisonné, sa blessure lancinante à l'épaule, son homme au désarroi. Le Gaulois inspira bruyamment, empli d'une colère vivifiante.

— Sèche tes larmes, dit-il, un peu abrupt. Les Romains n'en valent pas le coup.

— Les Romains sûrement pas, mais nos parents ? Nos amis ? Nos proches ? gémit Abrax.

— Nous ne devons pas perdre espoir. Ils sont peut-être encore vivants.

Abrax s'attarda sur son conjoint. Laucos faisait preuve d'une telle détermination qu'il voulut boire ses paroles, les faire siennes. Il renifla, s'éloigna du pectoral gonflé.

— Tu as raison, approuva-t-il en retrouvant le sourire. Je ne devrais pas me laisser gagner par l'émotion.

Laucos lui caressa la joue.

— Nous sommes sous la bonne garde des dieux, rappelle-toi. Quoi que l'on nous réserve, on s'en sortira.

CHAPITRE 11

Le voyage se révéla être une authentique épreuve. Dans la journée, l'air poussiéreux et le soleil assassin rendaient les conditions d'emprisonnement à peine supportables.

Les nuits étaient pires.

Au crépuscule, un vent humide et froid se levait des côtes, forçant les deux Gaulois à se serrer l'un contre l'autre pour ne pas claquer des dents. Une succession de semaines sans activité et de postures inconfortables avaient ankylosé les prisonniers qui souffraient de crampes, d'ampoules et de gerçures. On ne les autorisait à quitter la cage que pour se soulager et encore, uniquement sous bonne garde et enchaînés comme des animaux. Les repas, quand on n'oubliait pas de les leur servir, demeuraient invariablement identiques. Un bol de soupe accompagnée d'une galette. Les gardes ne leur prêtaient aucune attention sauf lorsqu'ils étaient ivres et qu'ils s'approchaient pour les traiter de *sauvages*, de *chevelus,* ou quand ils exigeaient en vain de se faire sucer. Les brimades et les moqueries ne pesaient pas trop sur le moral des Éburons, mais le manque d'hygiène leur était intolérable. Une semaine pouvait s'écouler avant que la caravane ne s'arrête à une rivière ou ne se pose près d'un étang. Là encore, rien n'était gagné. La baignade était suspendue au bon vouloir des geôliers. Ce fut au cours d'un de ces bains de fortune qu'Abrax avait eu la surprise d'apercevoir Dajan et Olympeo.

Au vu de leurs mines fatiguées, ils souffraient des conditions de transport, du climat et de l'abus de vin, mais ni l'un ni l'autre ne paraissait avoir été maltraité outre mesure. On ne leur avait pas permis de se parler, aussi Abrax avait-il simplement fait un petit signe de la main pour saluer ses ex-codétenus. Dajan s'était contenté de le fixer avec son charisme habituel. Olympeo lui avait timidement souri. Pour avoir osé ce rapide contact avec les esclaves, Abrax s'était fait cingler les flancs à coups de ceinturon. Il n'avait pas récidivé depuis, mais une haine profonde pour le jeune fantassin à l'origine du châtiment s'était insinuée en lui comme un poison. Et il s'était promis de le tuer si l'occasion se présentait.

L'ennui s'était cependant rapidement invité derrière les barreaux, au point que les amants pouvaient passer des heures sans s'adresser la parole.

Même éperdument amoureux, lorsqu'on a fait le tour de tous les sujets de discussion, le silence est inévitable. Il arrivait parfois à Laucos de briser la monotonie de leur emprisonnement par des tentatives désespérées de rébellion, mais il se faisait aussitôt sanctionner.

Il n'avait rien tenté depuis trois jours, mais ce n'était pas l'envie qui lui manquait. Alors que la lune montait dans un ciel sans nuage, Laucos posa sa tête sur les cuisses de son amant en soupirant.

— Je ne sais même plus depuis combien de temps nous voyageons, exhala-t-il dans un nuage de buée.

Abrax glissa ses phalanges amaigries dans les cheveux ondulés de Laucos et le rejoignit dans sa contemplation.

— Je ne préfère pas y songer, répondit-il.

Sa voix était triste.

— Il faut vraiment qu'on s'évade de cette maudite prison, déclara pensivement son amant.

— Et comment comptes-tu t'y prendre, au juste ? le questionna le cajoleur avec une pointe d'aigreur.

Allongé à même le sol, Laucos leva le menton pour rechercher le regard ambré qu'il connaissait par cœur.

— Je ne sais pas encore, mais nous ne pouvons pas continuer ainsi, dit-il.

— Tu as déjà tout tenté, fit remarquer son compagnon.

Abrax baissa la tête vers son codétenu en songeant au jour où il avait incité Olympeo et son ami d'Afrique à le suivre dans son propre projet d'évasion. Tous deux lui avaient ri au nez si sa mémoire était bonne.

Il se racla la gorge avant d'ajouter :

— Nous n'avons pas d'arme, nul soutien extérieur et nos capacités physiques s'amenuisent de jour en jour. Dans ces conditions, je ne vois pas comment nous pourrions envisager de prendre la fuite. Nous ne ferions même pas cent pas qu'ils nous rattraperaient. Sans compter qu'on ne connaît rien des peuplades qui vivent dans les environs. On ne sait même pas où on est !

— Tout ce qu'il nous faut, c'est une opportunité, rien d'autre.

Abrax ricana, ce qui déplut à Laucos. Vexé, ce dernier se redressa brusquement pour lui faire face. Le fis d'Ambiorix dévisagea son amant. Sa barbe avait beaucoup poussé. Particulièrement drue, elle avait fait disparaître les contours de sa mâchoire ainsi que son menton, étirant encore un peu plus vers le bas l'ovale de son visage. Ses cheveux avaient également pris du volume au point que ses boucles s'effondraient sous leur propre poids pour effleurer la base de sa nuque et le lobe de ses oreilles. Dans l'obscurité, le bleu de ses iris avait revêtu une teinte sombre. Sous la lumière pâle de l'astre nocturne, Laucos vibrait d'une beauté froide, énigmatique et, pour la première fois depuis des jours, Abrax eut envie de lui. Leur captivité et le manque d'intimité n'étaient pas propices à un rapport sexuel, mais rien ne lui interdisait de l'embrasser et c'est ce qu'il fit. Laucos protesta pour la forme sans pour autant rompre le rythme du baiser.

À dire vrai, un frisson le traversa et il se sentit durcir dès l'instant où le guerrier celte effleura ses lèvres. Poussé par la fièvre, Abrax s'empressa de libérer son pénis de ses contraintes pour se masturber. Laucos fit de même en savourant la délicieuse langue qui dansait avec la sienne. Après un long moment à se palucher égoïstement, Abrax posa ses doigts sur la main active de Laucos et l'orienta sur sa verge dressée. Le contact de ses phalanges sur sa peau tendre lui extirpa un doux gémissement. Pendant que Laucos s'affairait sur sa tige de chair, Abrax s'occupa du membre recourbé de son partenaire, accentuant la pression pour mieux la relâcher ensuite, alternant mouvements rapides et lentes caresses.

Laucos entreprit de se concentrer sur le gland d'Abrax, faisant courir son pouce sur la surface lisse et naturellement lubrifiée de son anatomie. Particulièrement sensible à cet endroit, il savait que son compagnon ne résisterait pas très longtemps.

Généralement, cette pratique lui donnait un orgasme dans la seconde. De sa main libre, Laucos soupesa les bourses de son compagnon, les malaxa. De l'autre, il se mit à tournoyer autour de son embout brillant comme il l'aurait fait avec la langue. Le prisonnier se contracta très vite. Ouvrant davantage la bouche pour enfouir sa langue plus profondément, il grogna une insanité qui mourut dans sa gorge.

La décharge vint brutalement. Abrax trembla tout d'abord puis répandit son foutre épais sur la paille. En retrouvant son calme, Abrax invita Laucos à s'allonger sur le dos afin de le gratifier d'un délice buccal. Le résultat ne se fit pas attendre. À peine eut-il resserré ses lèvres moelleuses autour du sexe en érection et accompli quelques va-et-vient, que Laucos se libéra en poussant des gémissements bruyants.

Dix minutes plus tard, Abrax dormait, un bras replié sous la tête. Il avait l'air calme et détendu. Laucos se pencha pour ôter de sa crinière blonde quelques brins de paille qui s'y étaient logés. Il apprécia de le voir ainsi car, depuis des semaines, Abrax ruminait intérieurement sa défaite face aux Romains.

Si j'avais agis comme ça, et si j'avais pris plus d'hommes avec moi, et si et si…

Malgré tout le soutien que lui apportait Laucos, ses regrets prenaient des proportions inquiétantes.

Laucos sentit la fatigue le gagner. Il se lova contre le dos de son amant et se servit de sa respiration apaisée comme d'une berceuse pour s'endormir.

CHAPITRE 12

La cité romaine se déployait dans une succession de toits rougeâtres, de loggias fleuries et de terrasses ombragées. Un brouhaha peu commun régnait dans les rues pavées, entretenu par les bavardages des habitants, par les incitations des commerçants et par le martèlement des outils des artisans qui s'affairaient un peu partout. Florissante, la ville comptait un forum, un amphithéâtre et de nombreux temples dédiés à Bacchus, le dieu du vin, de l'ivresse et des plaisirs. Sur les hauteurs, une gigantesque statue de la rigide Minerve accueillait les pèlerins. Par-delà les murailles de la cité, les cultures céréalières se confondaient avec les rangées de vignes pour former un panorama très différent de ce que les Gaulois avaient l'habitude de rencontrer. Ici, point de forêts de chênes centenaires, d'ifs géants ou d'églantiers feuillus, mais une quantité inouïe d'arbustes chétifs et des champs à perte de vue de fleurs violettes très odorantes. La terre était sèche et dure, le vent chargé de poussière et de sable. Le ciel s'étirait au-dessus d'eux, toujours bleu, et les températures étaient agréables pour la saison.

Dans leur province natale, la neige devait déjà avoir recouvert la plaine.

— Narbonne, supposa Abrax avec inquiétude en s'agrippant à la cage.

— Je l'appelle la petite Rome, formula un cavalier de haut rang qui trottait à sa hauteur et qui l'avait entendu.

Abrax le considéra. La quarantaine assurée, l'officier possédait un visage carré, un nez busqué, des cheveux gris coupés court. Sa posture altière et ses lents mouvements donnaient à sa personne une élégance peu conventionnelle pour un militaire.

— Vous allez vous plaire ici, précisa-t-il avant de rire de sa plaisanterie et de trotter plus rapidement devant lui pour prendre la tête du convoi.

La caravane passa les portes de la ville sans encombre et, vers midi, les prisonniers furent conduits sur la place publique, enchaînés les uns aux autres.

Par-dessus son épaule, Abrax sentit le regard de son compagnon naviguer frénétiquement un peu partout. Les bruits intempestifs devaient sûrement être ce qui le perturbait le plus, quoique l'apparence des gens l'étonnait sûrement tout autant.

Les Narbonnaises se pavanaient, vêtues de *stola*[13] soigneusement brodées et de différentes couleurs. Leurs coupes de cheveux demeuraient spectaculaires, car particulièrement travaillées. Chez les Gaulois, les femmes laissaient leurs épaisses chevelures retomber sur leurs épaules ou bien se les nattaient de façon approximative. Les plus féminines se contentaient d'un simple bijou au hasard d'une mèche. Les plus jeunes y nouaient des fleurs.

— Les hommes ont les joues aussi lisses que des adolescents, fit remarquer Laucos à Abrax.

Olympeo qui marchait sur ses talons se pencha légèrement vers lui.

— Les citoyens sont quelques peu différents de vous autres barbares, lui apprit-il. L'apparence est primordiale chez les *civitas*[14]. Les riches se parent de leurs plus beaux atours afin d'impressionner leurs ennemis.

— Quelle drôle d'idée ! s'exclama Laucos à voix basse, estimant qu'une hache bien aiguisée avait plus de chances de faire de l'effet.

— Les plus érudits d'entre eux débattent de choses complexes, ajouta Olympeo, parfois jusque tard dans la nuit. Tous rêvent en secret de devenir des personnages importants.

— Importants ? fit Laucos, dubitatif.

— Ils espèrent tous gouverner la ville. Peu importe le rôle à jouer. Magistrats, membres de la Curie, questeurs et j'en passe.

— Tout cela sonne comme des artifices.

— Ce type de fonction a beaucoup de valeur aux yeux des Romains.

---

[13] Longues tuniques resserrées à la taille.

[14] Ensemble des citoyens et des citoyennes qui constitue une ville ou un État.

— À trop vouloir partager le pouvoir, on finit par ne plus en détenir du tout, conclut Laucos.

— Cessez de discuter, tous les deux, les interrompit un cavalier en descendant de son cheval, ou je vous fais trancher la langue.

Olympeo enfouit sa tête entre ses épaules en murmurant :

— Par Pan ! Faisons ce qu'il dit ! Là où l'on nous emmène, elle risque de m'être utile, ma langue !

Et il s'ensuivit un clin d'œil espiègle en direction d'Abrax. Le groupe emprunta une ruelle étroite qui grimpait et au bout de laquelle se dressait une bâtisse toute blanche. Avec les fers qui leur sciaient les chevilles, il n'était pas commode de marcher en cadence et, à trois reprises, les prisonniers s'écorchèrent les genoux et la paume des mains contre le sol dallé. Le commandant de la cohorte frappa trois fois contre une porte en bois et patienta le temps qu'on lui ouvre. Au bout d'un moment qui sembla aussi long qu'une nuit d'hiver, un homme se présenta. Il portait une toge blanche bordée de pourpre et de grosses bagues à ses doigts.

Il n'a pas plus de vingt ans et le voilà presque aussi riche que toute la Gaule, médita Abrax en remarquant la qualité du tissu de ses vêtements ou la taille du rubis autour de son index.

Le visage du patricien rayonnait de jeunesse. Le Gaulois blond n'était pas beaucoup plus âgé que le riche Romain mais, à ses côtés, abîmé par les combats et par son récent voyage, il avait la sensation d'être de dix ans son aîné.

Avec ses grands yeux en amande marron glacé et son petit sourire en coin, le jeune homme lui fit tout de suite mauvaise impression.

— Curion Titus Gradius, je te salue ! aboya le garde principal.

Abrax sentit son cœur s'emballer.

Gradius, répéta-t-il en blêmissant.

Et il s'attarda sur le jeune Romain.

Il est vrai qu'il y a une ressemblance, constata-t-il. *Quelque chose dans la forme du visage et dans le regard.*

Abrax jeta un coup d'œil à Laucos. Lui aussi fixait le noble avec une attention particulière.

— Practor ! s'exclama le jouvenceau. Comme il me plaît de te revoir. As-tu fait bon voyage ?

— Nous n'avons pas rencontré de problème particulier, répondit-il.

— Je m'en réjouis.

Tout dans ses paroles indiquait que le nobliau avait reçu une bonne éducation, mais son attitude ne trompait pas. Il faisait mine d'apprécier l'homme de main en lui tapotant chaleureusement l'épaule et en lui souriant, mais sa voix trahissait tout le mépris qu'il nourrissait à son propos. Après avoir ignoré les quatre esclaves, Curion Titus Gradius se tourna vers eux pour les ausculter d'un œil critique. Sa petite taille le força à lever la tête pour dévisager Dajan qui fixait un point droit devant lui.

— Voici donc ce que tu rapportes d'Hispanie et de Gaule, déclara le gamin en levant un sourcil joliment dessiné.

Il détailla chacun des présents avec un profond mépris.

— Ton père a acquis ces deux-là pour quelques sous, mais il affirme qu'ils sont doués dans leur domaine.

Tout en disant cela, il utilisa le manche de son fouet pour soulever le pagne que portait le titan à la peau d'ébène afin de dévoiler sa proéminente anatomie à la vue de tous.

— Par Jupiter ! s'exclama Curion. En voilà une sacrée tige ! Tu vas rendre ma famille incroyablement riche.

Le regard du bourgeois romain s'arrêta sur Abrax, ignorant par la même Olympeo.

— Et lui ? demanda-t-il en voulant palper l'entre-jambe du Gaulois qui se défila d'un rapide mouvement de la hanche.

— Il s'agit du fils d'Ambiorix. Ton père n'a rien précisé à son sujet, mais il avait dans l'idée de le mettre à son service.

Curion pivota sur lui-même.

— Ambiorix, s'exclama-t-il. Ce barbare contre lequel mon père est parti se battre ?

— Celui-là même, confirma Abrax en forçant le timbre de sa voix tout en faisant un pas en avant.

Devant la menace, Practor réagit aussitôt en lui assénant une gifle du revers de la main.

— Comment oses-tu prendre la parole sans en avoir reçu la consigne ? postillonna-t-il.

Laucos voulut s'affirmer à son tour, mais en fut empêché par un garde qui le força à plier le genou au sol.

— Je ne suis pas votre esclave ! aboya Abrax. En tant que premier né de ma lignée, je suis d'une grande valeur. Les arts de la guerre vous obligent à réclamer une rançon !

— Tu n'as aucune valeur, barbare, et je ne suis lié par aucun serment ! répondit sèchement Curion. Qui plus est, je n'ai pas besoin de l'argent de ta rançon. Que ferai-je de trois pièces en bronze et de deux poulets ?

Les soldats autour s'esclaffèrent. Laucos n'était pas idiot. Il interpréta les rires et les grimaces comme autant de moqueries et se releva pour cracher au visage du morveux qui s'empressa de s'essuyer du revers de la manche. Practor se tourna aussitôt vers lui et le Gaulois écopa d'un coup de poing dans l'estomac qui le plia en deux.

Curion leva la main.

— Ce n'est rien, Practor, dit-il en dévorant Laucos du regard. Nos amis gaulois ne connaissent pas encore les us et coutumes en vigueur dans notre belle cité. J'imagine que chez eux, on ne sait pas ce que signifie le respect.

Abrax gronda silencieusement. Une veine gonfla sur sa tempe. Laucos fusilla le prétentieux du regard.

— Mais ils apprendront, assura Curion. Ils apprendront.

Ces derniers mots sonnèrent comme une véritable menace.

Curion s'attarda longuement sur Laucos. Quelque chose l'interpellait, ou lui plaisait. Son attention fut toutefois détournée par Practor.

— Votre père n'aurait jamais toléré cela, objecta-t-il. Peu importe ce qu'il compte faire d'eux, vous devriez les punir par le fouet.

Curion Titus Gradius se força à sourire.

— À propos de mon père, feula-t-il avec un plaisir à peine voilé, un messager est arrivé il y a une semaine pour m'informer de sa mort.

Les mots restèrent un instant en suspension dans l'air. Practor se liquéfia sur place. Les Gaulois ne cachèrent pas leur étonnement.

— Cela veut dire…, débuta Laucos avant d'être interrompu par le fils héritier.

— Que votre peuple de pouilleux a décimé les rangs de son armée. Convaincu de sa toute puissance, mon père a sous-estimé son adversaire et en a payé le prix.

Practor eut du mal à cacher sa fébrilité, Abrax sa fierté et sa joie.

— Ta mère et ta sœur doivent être plongées dans un chagrin sans nom…

— Ne t'en fais pas pour elles, mon vieil ami. J'ai envoyé la première vivre son deuil auprès de ma tante à Rome. Quant à la seconde, elle est en passe d'être mariée à un magistrat.

Ces informations déstabilisèrent l'officier romain.

— Servia est à Rome ? s'étrangla-t-il. Mais…

— Tu ne croyais tout de même pas que j'allais te permettre de continuer à batifoler avec ma mère ? expliqua froidement l'orphelin. Mon père ne se doutait de rien, trop occupé qu'il était à rendre service à ses *amis* du Sénat, mais je ne suis pas aussi aveugle. Tu mériterais que je te fasse égorger pour cet affront envers ma famille. Toutefois, par égard pour mon défunt père, j'ai décidé de te laisser la vie sauve.

— Je… nous… Il n'a jamais été dans mes intentions de te nuire, ni même de…

Curion leva son index bagué sous le nez de Practor.

— Je n'aurai plus besoin de tes services à partir d'aujourd'hui, indiqua-t-il.

Le soldat serra le manche de son fouet, de rage ou de tristesse, nul ne sut, et bien que cela lui coûtât, salua le patricien et prit congé.

— Bien, fit Curion. Voilà une bonne chose de faite. À nous, maintenant !

Olympeo fit savoir qu'il souhaitait prendre la parole.

— Je t'écoute, dit Curion, dédaigneux.

— À présent que notre maître n'est plus, que va-t-il advenir de nous ?

— Vous ferez ce pour quoi vous avez été achetés.

— Il n'est pas question que nous accordions la moindre faveur sexuelle à quiconque, le prévint Abrax.

— Ne t'en fais pas, Gaulois, railla Curion en se tournant vers lui. Toi et ton compagnon, vous ne finirez pas dans un lupanar comme ces deux-là.

Puis il éclata de rire.

— Il serait dommage de gâcher des hommes de votre gabarit, s'empressa-t-il d'ajouter.

— Que comptes-tu faire de nous ? grimaça Laucos.

Curion prit le temps de répondre mais, lorsqu'il le fit, ses paroles furent sans équivoque.

— Des gladiateurs.

CHAPITRE 13

— Mon père est en vie ! exulta Abrax, ivre de bonheur.

Dans sa liesse, il embrassa Laucos sous les yeux médusés des soldats qui les accompagnaient jusqu'au *ludus*[15].

— Les clans voisins ont dû concourir à son succès, ajouta son compagnon, un peu moins enjoué.

— Notre foyer est enfin libre. Peu m'importe la manière dont cela s'est passé. Nous avons été victorieux.

Et sur ces mots, l'Éburon se pencha vers l'un des soldats en lui criant dans sa langue natale :

— Ma famille a terrassé tes camarades ! Qu'est-ce que tu dis de ça ? Qui sont les chiens maintenant ?

Le militaire tira un coup sec sur ses chaînes en réclamant le silence.

— Ferme-la ! beugla-t-il. Je ne comprends rien à ce que tu racontes.

Laucos secoua la tête.

— Ne te réjouis pas trop vite, l'apaisa-t-il. Nous ne savons pas grand-chose de la défaite de Gradius. Nous ignorions combien d'entre nous ont perdu la vie et surtout…

— Surtout quoi ?

— Tu connais les Romains. Tu sais parfaitement qu'une telle débâcle sera perçue comme un affront. Ils vont envoyer d'autres hommes, toujours plus jusqu'à ce que leur soit acquise la victoire.

— Je suis certain que mon père saura les repousser, tout comme il a repoussé Octavius Titus Gradius et son incroyable ego. S'il est un homme qui peut soulever la Gaule tout entière contre Rome, c'est bien Ambiorix, le grand chef Éburon. Ah, si seulement j'avais été là pour

---

[15] École de gladiateurs

voir ça !

Abrax se sentait revigoré par la victoire de son père. Lui qui avait passé les dernières semaines à broyer du noir, reprenait enfin des couleurs. Pour la première fois depuis longtemps, il se remit à croire en une issue favorable.

Mon père viendra nous libérer, se persuada-t-il. *Peu importe le temps ou les moyens employés, il mettra Narbonne à feu et à sang pour nous sauver.*

Laucos s'attarda sur son amant. Les ecchymoses donnaient du caractère à son profil. C'était avec soulagement qu'il retrouvait celui dont il était fou amoureux, celui qu'il avait toujours connu. L'homme fort ! Le courageux guerrier ! L'amant fougueux ! Le sourire radieux qui illuminait à présent son visage lui avait manqué. Discrètement, il lui tapota l'avant-bras et réclama un second baiser. Abrax se pencha et colla ses lèvres aux siennes.

Immédiatement, Laucos sentit sa verge s'éveiller.

— Mince, jura-t-il. Je crois que je bande.

Cela fit sourire son compagnon.

— Moi, aussi.

Les amants furent à nouveau séparés, avec plus de fermeté cette fois-ci.

— Par Jupiter ! pesta le romain. Ces Gaulois sont plus chauds que le con d'Aphrodite !

— Tu n'as pas idée ! lui rétorqua Abrax en latin.

— Que lui as-tu dit ? demanda Laucos qui n'avait pas compris.

— Que j'avais foutrement envie de toi !

Peu après avoir été présentés à leur nouveau propriétaire, Olympeo et Dajan avaient été envoyés dans une maison de plaisir située aux abords du forum. Olympeo avait fait une drôle de tête lorsque Curion avait indiqué à ses comparses de Gaule qu'ils allaient rejoindre une caserne en vue d'être formés à la gladiature.

Aucun des Gaulois n'ignorait la passion des Romains pour les jeux de cirque et les combats sanglants, mais jamais ils n'auraient imaginé être envoyés dans un tel endroit. L'idée d'intégrer cette compagnie de tueurs ne plaisait pas à Abrax, car il savait qu'une fois à l'intérieur d'un *ludus*, les chances d'en sortir seraient minces, pour ne pas dire inexistantes.

En l'absence du maître des lieux, il revint à Térès, dit le Thrace, de les accueillir. C'était un ancien gladiateur, affranchi par le légat Octavius dix ans plus tôt au terme d'une carrière rondement menée. Par fidélité, Térès avait accepté de former les nouvelles recrues de son *laniste*[16]. Ce n'était pas à proprement parler un bel homme. Son visage était buriné par le soleil et de profondes rides lui scarifiaient l'épiderme. Un réseau de cicatrices sur son corps témoignait de sa dangereuse vie passée. D'emblée, il leur confirma que toute tentative d'évasion était inutile.

— Le dernier qui s'y est essayé, a terminé cloué au piquet jusqu'à ce qu'il trépasse.

Il s'exprimait avec le calme et l'assurance de celui qui a vécu de lourdes épreuves.

— Les repas sont servis à heures fixes deux fois par jour. Les thermes sont disponibles en fin de journée, c'est-à-dire après l'entraînement.

Térès les conduisit ensuite jusqu'à leur lieu de vie, deux cellules de dix mètres carrés avec une ouverture dans le mur qui faisait office de fenêtre.

— Vous pouvez librement aller et venir dans l'enceinte du *ludus*, les informa-t-il mais les appartements du laniste sont interdits d'accès.

— En gros, nous ne pouvons aller nulle part, se moqua gentiment Abrax.

Térès fronça les sourcils en se tournant très légèrement vers Laucos.

— Et il faudra maîtriser le latin, lui conseilla-t-il.

Abrax hocha la tête et traduisit.

— Changez-vous, termina le *doctor*[17] et rejoignez-moi dans la cour d'entraînement dans cinq minutes. Votre apprentissage commence cet

---

[16] Marchand et propriétaire de gladiateurs.

[17] Entraîneur de gladiateurs.

après-midi.

Une fois seul, le binôme relâcha la tension qui nouait ses muscles.

— Je ne crois pas être en mesure de supporter ça très longtemps, confia Abrax.

Laucos s'adossa au mur du couloir. Il faisait frais et le contact de ses omoplates contre la paroi de terre cuite lui soutira un frisson.

— Nous ne partageons pas la même chambre, confia-t-il. Ne pas dormir avec toi, c'est ça que je ne vais pas pouvoir supporter.

— Il suffit de laisser les portes ouvertes et ce sera comme si nous étions dans la même pièce, assura Abrax en le prenant dans ses bras. Et au besoin, tu pourras toujours venir te glisser dans mon lit.

Le Gaulois caressa le front de son bien-aimé puis passa sa main dans ses cheveux. Il l'embrassa presque aussitôt en le serrant plus fermement encore contre son torse.

— Tant qu'on est ensemble, rien ne peut nous arriver, rappela Abrax. Nous devons donner le change en attendant que mon père vienne nous chercher.

Laucos se dégagea de l'étreinte amoureuse de son compagnon.

— Ton père ne viendra pas, déclara-t-il, sûr de lui.

— Pourquoi est-ce que tu dis cela ? Évidemment qu'il va venir.

— Non, insista-t-il, il n'en fera rien. Il ne sait même pas où nous avons été envoyés !

Abrax se renfrogna.

— Il le découvrira, dit-il d'un ton décidé. Avant de tuer Octavius, il a certainement dû lui soutirer des informations.

— Quand bien même…

Laucos toussota.

— Il faut que je t'avoue quelque chose, dit-il. Quand tu as été enlevé, je l'ai supplié d'organiser une mission de sauvetage. Il a décliné sous prétexte que le clan était plus important que ta vie.

— Et il n'avait pas tort, concéda Abrax. J'aurai agi de la même manière, mais à présent que Gradius a été vaincu, il en va autrement. Il n'a plus à penser au bien-être de la tribu et il peut enfin venir à notre rescousse.

Abrax glissa une seconde fois ses bras musculeux autour de la taille de Laucos. Il colla son front contre le sien.

— Garde espoir, chuchota-t-il.

Laucos ferma les yeux. Il brûlait d'envie de lui déballer ce que sa mère lui avait appris, mais Abrax venait tout juste de retrouver un tant soit peu de confiance en lui. Lui révéler que son père voulait le marier de force et se débarrasser de son compagnon n'était pas la meilleure chose à faire en cet instant.

— Très bien, soupira-t-il. Si tu as confiance, alors j'ai confiance.

CHAPITRE 14

Les gladiateurs s'affrontaient sous un soleil de plomb. L'effort qu'ils devaient fournir était palpable. Torse nu, les muscles saillants, le front et le dos dégoulinant de sueur, ils combattaient deux par deux munis d'un glaive et d'un bouclier de bois. À tour de rôle, ils échangeaient des passes, attaquant et se défendant au gré d'une danse offensive particulièrement rythmée.

Leurs pas soulevaient des panaches de poussière qui les recouvraient complètement, les faisant parfois toussoter. L'éclat des armes s'entrechoquait inlassablement, se répercutant en un écho qui rappelait le battement d'un cœur. Bam ! Toc ! Bam ! Toc ! Les halètements rauques qui s'échappaient de leurs gorges achevaient la partition. Les combattants faisaient preuve de beaucoup de concentration et de discipline. Les gestes étaient identiques, puissants, maîtrisés. Une vingtaine d'hommes tous plus athlétiques les uns que les autres se démenaient au combat. Beaucoup possédaient une musculature développée, des poignets épais comme des troncs et des cuisses de la taille d'un menhir, mais quelques individus étaient de nature plus svelte. Ceux-là étaient souvent les plus rapides à porter l'estocade.

L'excès de soleil avait coloré les peaux de quelques-uns d'une nuance caramel foncé, faisant ressortir les yeux clairs des plus chanceux, amplifiant le regard noir des autres. Si les tignasses brunes dévoilaient de jolis reflets cuivrés, les blondes l'étaient davantage qu'à leur arrivée. Les plus anciens gladiateurs, ceux qui pénétraient déjà à l'intérieur d'une arène, portaient les stigmates de leurs derniers combats. Nez cassé, œil au beurre noir, lèvre fendue, oreille abîmée faisaient figure de trophées.

Silencieux, Térès observait le déroulement des exercices. Son regard n'en n'analysait pas moins le moindre geste, le moindre coup porté, la moindre erreur. De temps en temps, il ouvrait la bouche pour brailler une consigne, parfois ses lèvres remuaient à peine, mais l'on sentait l'agacement nourrir ses soupirs.

Abrax resta un moment figé devant le spectacle de ces mâles virils transpirant abondamment sous l'effort. Il avait la réputation d'être bâti comme un ogre, mais certains ici présents auraient pu le faire passer pour un puceau à peine sevré des seins de sa mère.

Comme ce géant au crâne chauve et au poitrail de taureau qui agitait son glaive comme une massue. Combien mesurait-il ?

Il me dépasse d'au moins une bonne tête ! se dit Abrax en le regardant mettre à mal son opposant.

Laucos n'était pas le genre d'homme à se laisser facilement impressionner, mais il devait bien avouer que ses *camarades* avaient fière allure. Leur maniement du glaive et du bouclier était impeccable. Tous faisaient preuve d'une redoutable dextérité que seule une pratique assidue permettait d'acquérir.

Depuis combien de temps ces hommes sont-ils au service de cette caserne ? se demanda-t-il.

Laucos cessa de s'intéresser aux techniques de combat pour se pencher sur les courbes sportives des baraqués qui s'agitaient devant lui. Il devait bien reconnaître que l'activité donnait du charme à tous ces hommes. Leurs pectoraux parfaitement dessinés, leurs petits tétons halés et leurs fessiers rebondis commencèrent à l'exciter.

— Par Teutatès, murmura-t-il en levant le nez vers Abrax. Heureusement que je te suis fidèle sinon je crois bien que je me laisserais volontiers tenter par un de ces…

Abrax lui donna une tape derrière la tête en lui décochant un regard noir. Laucos se frotta l'arrière du crâne en souriant.

— Je te narguais ! dut-il préciser.

— Mouais, ronchonna son compagnon en pointant un index menaçant sous son nez. Ne t'avise pas de tourner autour d'un de ces gars. Tu es à moi.

Laucos retrouva son sérieux et lui frôla la main du bout des doigts.

— Pour toujours, confirma-t-il.

La présence des Gaulois fut très vite remarquée. Peu à peu, tous les membres de l'assemblée cessèrent de jouter pour les observer, certains avec intérêt, d'autres avec méchanceté. Térès s'approcha d'eux et jeta deux faux glaives à leurs pieds.

— Au travail, ordonna-t-il.

Laucos se pencha pour ramasser son arme. Abrax fit de même, mais avec un peu moins de bonne volonté.

— Toi, fit le *doctor* en le désignant. Tu vas t'entraîner avec Démétrius.

Le dénommé Démétrius se montra. Il s'agissait d'un Grec à la stature bovine, le torse et le ventre tapissés d'une couche de poils drus et noirs. Il ne portait pour seul vêtement qu'un *subligar*[18] de cuir qui laissait deviner une anatomie généreuse. D'un simple jeu du poignet, il fit exécuter un tour complet à son arme pour amuser la galerie.

Les autres l'encouragèrent de leurs voix graves.

— Montre-moi comment on se bat chez toi, nargua le Grec.

Il n'en fallut pas davantage pour énerver Abrax. Le colosse s'avança et donna le premier coup. Son adversaire esquiva l'attaque d'un simple revers, sans forcer. Abrax récidiva, toujours de face et à deux reprises.

— Tu cognes comme une femme, le dénigra Démétrius.

— Comme une femme grecque, tu veux dire ? rétorqua Abrax. Je connais des Gauloises plus impressionnantes que toi.

Piqué au vif, Démétrius frappa plusieurs fois de haut en bas en avançant à pas chassés.

Il cherche à me déstabiliser, constata Abrax en évitant de trop regarder le jeu de jambes du gladiateur.

Ce dernier revint à la charge en donnant un effet de lame sur le côté, pour directement enchaîner avec un second coup sur le tranchant opposé.

Abrax empêcha les deux tentatives d'arriver à leur terme en parant à chaque fois.

Il est rapide comme une vipère ! reconnut-il.

À son tour, Abrax chargea. Son bras se tendit en direction du Grec

---

[18] Rectangle d'étoffe qui, après avoir couvert les fesses, retombait en tablier sur le devant du corps.

pour porter une secousse à gauche, un heurt à droite. En parfait expert, Démétrius bloquait chaque assaut par un contrecoup.

Puis, au court d'une énième attaque, leurs armes se croisèrent au niveau du visage. Abrax serra les dents et contracta ses muscles. L'autre en fit autant. Aucun ne voulait faire preuve de faiblesse.

Au bout d'un moment, le Grec sentit que la lame d'Abrax glissait dangereusement contre la sienne. Pour ne pas perdre le face à face, il se décala très légèrement et laissa tout le poids de son adversaire l'emporter vers l'avant. Démétrius en profita pour contourner le Gaulois et lui asséner un coup de pied dans le dos qui le projeta ventre à terre. Abrax mordit la poussière.

En se retournant, celui-ci constata que la pointe du glaive de son ennemi se trouvait dirigée vers sa pomme d'Adam.

— Bien, fit Térès. Je n'ai pas besoin d'en voir plus.

Démétrius se courba et tendit la main au vaincu pour l'aider à se relever.

— Tu t'es bien défendu, le félicita-t-il.

— Merci, fit Abrax, mais tu as été le plus fort.

— Ce n'est pas la force qui a fait gagner Démétrius, expliqua Térès. Il a simplement trouvé une faille.

Térès leva son visage vers ses élèves.

— Reprenez l'entraînement, aboya-t-il au reste du groupe avant de poursuivre son explication.

— La force est l'alliée du gladiateur, le glaive, le prolongement de son bras, mais c'est l'esprit qui est son arme véritable. Rien que son esprit. Tu as perdu ce combat, Gaulois, car tu as agi comme un guerrier.

— Je me bats depuis que j'ai l'âge de me tenir debout, grogna Abrax.

— Je ne remets pas en cause ta bravoure, mais les règles au sein de l'arène sont différentes de celles que l'on applique dans la vie.

— Il n'y a aucune règle quand on fait la guerre, déclara froidement Laucos. C'est tuer ou être tué.

L'expert poussa un énième soupir.

— Je ne connais pas votre histoire, dit-il avant d'être interrompu.

— Nous avons été faits prisonniers, révéla Laucos.

— Les détails et les raisons pour lesquels vous êtes ici ne m'intéressent pas, expliqua Térès.

— Nous sommes retenus ici contre notre volonté, précisa Abrax.

— Ce qui m'importe, c'est de faire de vous des gladiateurs. Tout ce que vous étiez avant de franchir l'enceinte de ce *ludus* n'a plus la moindre importance. Comprenez bien ceci, soit vous vous pliez aux règles de cette école, soit vous mourez.

Les Gaulois se figèrent d'effroi.

— Mais nous étions libres avant…, murmura tristement Laucos.

— À présent vous êtes la propriété de la maison Gradius. Oubliez votre liberté. Personne ne s'échappe de cet endroit.

Abrax fit son possible pour ne pas exploser. Laucos le sentit se crisper de colère. Avec affection, il posa une main sur son épaule et lui manifesta son soutien. Ce faisant, il lui signifia par la même occasion de se calmer. Le *doctor* les scruta avec attention. Ses épaules s'affaissèrent, donnant l'impression de compatir à ce que les deux nouvelles recrues avaient vécu.

— Les premiers jours vont être difficiles, leur confia-t-il. Autant vous mettre rapidement au travail.

CHAPITRE 15

Le bras levé, protégé derrière un bouclier, Laucos encaissait les coups infligés par Pélas, son adversaire. Les vibrations causées par le choc du glaive contre l'armature de sa protection se répercutaient à travers tout son squelette.

Il ne me laisse aucune chance de riposter, maugréa-t-il à bout de souffle.

Les à-coups étaient de plus en plus violents. Laucos recula encore et encore. Pélas continuait à le gratifier de ses percussions.

Il va bien finir par s'épuiser ! espéra-t-il en cherchant une fenêtre pour attaquer.

Son adversaire était un Narbonnais de haute naissance qui s'était enrôlé dans la gladiature avec le projet de devenir un des plus grands champions de la région. Son rêve était de combattre à Rome parmi les plus célèbres gladiateurs. Agressif, agile, robuste, il avait l'étoffe d'un gagnant. Sa puissance n'avait d'égale que sa grande beauté. Celle-ci, d'ailleurs, déstabilisait son opposant qui n'arrivait pas à détourner le regard de ses traits anguleux et de ses grands yeux verrons.

— Tu abandonnes, Gaulois ? ricana bruyamment le jeune fougueux en lui décochant le plus beau des sourires.

— Ce n'est pas du tout mon genre, répondit Laucos en lançant le bouclier qui vrilla jusqu'au Narbonnais.

Ce dernier se jeta sur le côté pour l'éviter, fit une roulade avant et se redressa aussitôt sur ses pieds. Du sable et de la poussière lui masquait la moitié du visage, mais son charme s'en trouva accentué. Le Celte se rappela alors les soirées païennes au cours desquelles les adolescents se soumettaient aux rituels druidiques en vue de devenir des hommes. Abrax et Laucos n'y avaient pas échappé. Ils s'étaient appliqués un onguent à base de boue et d'extraits de plantes censées les rendre invisibles aux yeux des démons et, toute la nuit durant, à la faveur de la pleine lune, ils avaient dansé, prié, invoqué les ancêtres. Cette initiation était souvent l'occasion pour les jeunes hommes de perdre leur virginité.

Laucos piétina jusqu'à son propre glaive, perdu plus tôt au cours du duel. Lorsqu'il se pencha pour le ramasser, Pélas se jeta en avant et les emporta tous les deux dans une roulade jusqu'à ce que Laucos se retrouve finalement à califourchon sur lui.

Pélas dévoila une rangée de dents blanches qui contrastait avec ses traits sales.

— Voilà une drôle de manière de vaincre son ennemi, dit-il avec une lueur de lubricité au coin des yeux.

Laucos chercha son glaive.

— Elle n'est pas à portée de main, constata Pélas en agrippant les cuisses de son adversaire. Comment espères-tu me tuer ?

— Je pourrais te rompre le cou ou t'arracher les globes oculaires. M'est avis que tu trouverais ça beaucoup moins amusant.

— Pour sûr, je ne pourrais pas te voir rougir quand tu me regardes.

Pélas remua le bassin, leva les jambes et les ramena devant lui pour les croiser contre le torse de Laucos et le faire tomber en arrière. Puis, s'appuyant sur ses mains et comptant sur la robustesse de ses bras, il bascula pour se retrouver au-dessus du Celte. Il lui bloqua les jambes avec le poids de son corps tout en lui maintenant les poignets au sol.

— Et maintenant ? questionna-t-il en approchant dangereusement son visage.

— Je…

Tout à coup, deux mains familières saisirent Pélas par les aisselles et le soulevèrent avec brutalité. Abrax apparut, les joues rouges, le souffle saccadé.

— Je peux savoir ce qu'il se passe, ici ? demanda-t-il.

— Rien, fit Laucos en se remettant sur ses pieds. On s'entraîne.

— Je n'aime pas ce genre d'entraînement.

— Du calme, Gaulois ! intervint Pélas en époussetant sa courte jupe. M'en voudrais-tu de faire connaissance avec ton camarade ?

Abrax se tourna en gonflant ses pectoraux et en serrant ses deux poings l'un contre l'autre pour faire craquer ses articulations.

— Laucos n'est pas mon camarade, mais mon compagnon et je t'interdis de t'approcher de lui.

Pélas sembla tomber des nues mais ne se désarma guère.

— Oh, je vois, fit-il gaiement. Chasse gardée si je comprends bien.

— Tu as tout compris, alors tu restes à l'écart.

— Nous vivons en communauté ici. Nous serons bien obligés de nous croiser…

— Tu trouveras du plaisir avec un autre homme que lui, imposa Abrax.

— Nous ne faisions rien de mal, s'interposa calmement Laucos qui souhaitait venir à la rescousse du Narbonnais.

Mais son compagnon ne lui décocha aucun regard.

— Tu te méprends sur mes intentions, Gaulois, je t'assure.

— Et cesse de m'appeler Gaulois ! Ça sonne comme une insulte dans ta bouche.

— Très bien, très bien. Abrax, c'est bien cela ?

Pélas montra ses paumes en signe d'amitié.

— J'ignorais que vous étiez si intimes et je ne serai pas source de discorde entre vous, je te le promets. Cela étant dit, tu ne peux pas m'en vouloir d'avoir essayé.

Il fit prudemment quelques pas vers le couple en tendant sa main droite.

— Soyons amis, veux-tu ? proposa-t-il, plein de bonne volonté.

L'ignorant, Abrax pivota sur ses talons et retourna s'exercer contre un poteau.

— Ton amant a un sale caractère, indiqua Pélas en se grattant l'arrière du crâne.

— Il est un peu jaloux, c'est tout, minimisa Laucos. Nous n'avons jamais été que tous les deux. C'est la première fois qu'un autre homme…

Il ne termina pas sa phrase, se sentant rougir.

— Enfin, tu vois ce que je veux dire ?

— Je ne nierais pas que je suis déçu, admit Pélas, mais une promesse est une promesse. Soyons amis.

Il offrit son avant-bras à Laucos qui s'empressa de le saisir. À cet instant, Térès sonna la fin de la journée. Cela parut réjouir le Narbonnais.

— Ah ! jubila-t-il. On va enfin pouvoir se détendre !

— Comment ça ?

Pélas s'expliqua.

— C'est l'heure du bain, voyons ! Après l'entraînement, c'est le moment de la journée que je préfère. Tous nos compagnons se reposant dans un nuage de vapeur, le corps recouvert d'une pellicule d'eau tiède et ne demandant qu'à se laisser masser les épaules.

Il poussa un soupir lascif.

— Allez viens, et reste près de ton homme. J'en connais qui ont des mains plus baladeuses que moi.

— Est-ce possible ? plaisanta Laucos.

Les thermes étaient un peu à l'écart de la résidence du laniste, mais à quelques mètres seulement du dortoir des gladiateurs. Ce n'était pas un endroit particulièrement luxueux, mais on y proposait tout le confort nécessaire à la détente.

— C'est beaucoup plus grand que ce à quoi je m'attendais ! fit savoir Laucos en déambulant en compagnie d'Abrax dans une allée, un linge noué autour de la taille.

— Il fait une telle chaleur ! se plaignit Abrax qui se baladait complètement nu.

De nombreuses alcôves étaient occupées et il fallut atteindre le bout du couloir pour trouver une pièce libre dans laquelle s'installer. La niche était basse de plafond et les deux apprentis gladiateurs durent plier l'échine pour pénétrer à l'intérieur. Une fois allongé sur les banquettes, le couple sentit la tension de ces derniers jours se relâcher. La chaleur moite les enveloppait comme un doux cocon. Il y avait tellement de vapeur d'eau qu'on n'y voyait pas devant soi. Chaque inspiration leur brûlait les poumons.

Dénudé, Laucos s'empara d'un seau qui traînait près de lui et se frotta avec une éponge gorgée d'eau parfumée à la lavande. De temps en temps, Abrax toussotait à cause de l'air bouillant. À travers le mur opaque, Laucos devina bientôt les contours du somptueux corps de son conjoint. L'après-midi avait été harassant, mais il se sentit tout à coup d'humeur libidineuse. Jetant l'éponge, il alla s'asseoir sur la banquette d'en face pour malaxer les pieds de son compagnon. Prudemment, il commença par la voûte plantaire, appuyant fortement à des endroits bien précis, puis il fit glisser ses pouces de bas en haut pour débander les nerfs. Abrax ronronna rapidement de satisfaction.

Au bout de dix minutes, le masseur s'attaqua aux mollets du somnolant, puis à ses cuisses en exerçant de fortes pressions. Peu à peu les muscles sous la peau se relâchèrent. Lorsqu'il atteignit le haut de ses jambes, Laucos constata que son amant bandait sérieusement. Lui-même avait une érection de tous les diables. Sans perdre une seconde, il cessa ses massages et plongea le pénis épais dans sa bouche, fermant les yeux pour se laisser aller à de souples va-et-vient. La verge pulsait contre ses lèvres. Elle était dure comme le tronc d'un arbre, son gland doux comme une sucrerie, chaud et gorgé de désir. Quand un goût salé lui titilla les papilles, Laucos comprit que l'excitation étreignait dangereusement Abrax et qu'il devait lui offrir un peu de répit. Ce dernier confirma en crispant ses doigts dans sa chevelure mouillée.

— Arrête, le supplia-t-il.

Et Laucos se conforma à son souhait. Se redressant pour s'asseoir en tailleur, Abrax l'invita à venir glisser ses longues jambes de chaque côté de ses hanches. Dans l'atmosphère vaporeuse, le couple s'embrassa passionnément. La posture était propice à un tendre échange, un moment qu'ils n'avaient guère partagé convenablement depuis longtemps. Laucos caressa l'épaisse barbe blonde de son tendre amant, déplaça quelques mèches mouillées qui lui barraient la vue et l'embrassa une nouvelle fois, incapable de s'en empêcher. Abrax laissa courir ses mains sur son large dos, massa ses reins, ses épaules, sa nuque pour mieux recommencer, pétrissant ce corps couvert de bleus qu'il connaissait sur le bout des doigts avec une faim presque animale.

Finissant par nicher son nez dans le cou de son partenaire, Laucos inspira à grands coups pour s'imprégner de son odeur. Ce dernier sentait la sueur, la poussière et le sel. Des fragrances nouvelles, inhabituelles, mais ô combien excitantes. Le désir se faisant plus pressant, Laucos souleva son bassin de quelques centimètres pour venir frotter son anus contre le gland humide d'Abrax. Le frôlement de leurs parties intimes déclencha une vive décharge électrique qui se diffusa dans tout son corps. Par un coup de langue aguicheur sur la lourde moustache de son guerrier, il invita le géant à s'insérer en lui. Abrax ne se fit pas prier. Empoignant aussitôt son membre viril, il le maintint à la verticale et laissa Laucos s'empaler dessus.

Lorsque leurs bouches se rejoignirent à nouveau, passif et actif poussèrent simultanément un grognement de contentement. Laucos remua légèrement son ventre plat afin de profiter de toute l'érection de son partenaire, puis il se pencha en arrière afin de se souder à ses chevilles pour jouir du bien-être qui lui enflammait le bas du dos. Une main sur la cuisse, l'autre fermement pressée autour de son sexe érigé, Abrax masturbait son amant en contemplant ses bourses qui se balançaient énergiquement. Par crainte de le faire venir trop vite, il cessa rapidement ses caresses pour s'attacher à ses hanches et lui offrir une série de saccades endiablées. Laucos haleta de plaisir. La jouissance le tétanisait complètement. Sa respiration s'accéléra, son pouls s'emballa comme un cheval au galop. L'excès d'humidité associé à la chaleur moite lui fit tourner la tête. Cela faisait bien longtemps que son corps n'avait pas encaissé autre chose que des coups.

Les deux hommes demeurèrent figés dans cette position jusqu'à se libérer de concert. Laucos par de longues giclées qui atterrirent sur son torse bombé, Abrax par de violentes contractions.

Dès qu'il eut repris ses esprits, Laucos se lova contre Abrax pour écouter son cœur battre violemment dans sa poitrine. Il s'agissait d'un chant si reposant, si rassurant, qu'il oublia l'espace d'une seconde où il se trouvait.

CHAPITRE 16

Les trois semaines qui s'écoulèrent furent intégralement consacrées à l'entraînement. Térès poussa ses disciples à s'exercer jusqu'à l'épuisement, n'hésitant pas à leur faire déplacer de lourdes roches d'un point à un autre avec l'ambition d'améliorer leur condition physique. Ses nouvelles recrues ne furent pas épargnées par son exigence et son caractère taciturne. En dépit de leurs qualités de guerriers, rien ne trouvait grâce à ses yeux. Il estimait que leur technique manquait de caractère et leurs déplacements d'assurance. D'après lui, les deux Gaulois étaient dépourvus de rigueur, se battaient sans réfléchir.

— Vous frappez comme des barbares ! criait-il du matin au soir. Je veux que vous combattiez comme des gladiateurs !

Sur les conseils de son amant, Abrax rongea son frein et se plia aux sempiternelles exigences de Térès mais ce n'était pas l'envie qui lui manquait de prendre un caillou et de le frapper encore et encore jusqu'à ce que son visage ne soit plus identifiable.

Le soir venu, harassés, courbaturés, des ampoules aux mains, les combattants s'endormaient bien souvent sans se laver et sans dîner. Les journées étaient longues, douloureuses et amères, car à l'exception de Pélas, aucun de leurs camarades ne s'adressait à eux.

— Pourquoi nous ignorent-ils tous ? demanda Laucos au cours d'un repas du soir.

Pélas posa sa cuillère pour jeter un œil circonspect par-dessus son épaule. Les autres mangeaient à l'écart.

— Bah, fit-il. Vous êtes des Gaulois, faut pas chercher plus loin. On n'aime pas beaucoup les peuples du Nord par ici.

— Et c'est tout ? maugréa Abrax en jetant un os de volaille dans son assiette.

Pélas le fixa, l'air ennuyé, puis lâcha de but en blanc :

— La vérité c'est que la plupart d'entre eux pensent que vous ne tiendrez pas deux minutes dans l'arène.

Laucos manqua de s'étouffer à l'écoute de cette révélation.

— Pardon ? émit-il.

Pélas leva les sourcils.

— Ces gars-là boivent les paroles de Térès comme un bon cru. Il est toujours en train de vous mettre en garde, de corriger vos mouvements, de vous reprendre. Il n'y a rien d'étonnant à ce qu'ils parient sur votre fin.

— Térès cherche à nous dresser comme des chiens, expliqua Abrax. Mais je ne suis pas un clébard que l'on rosse à coups de baguette. Cet homme n'a d'estime que pour lui-même. Il se considère comme le meilleur gladiateur et cela l'autorise à nous maltraiter.

— Il n'est pas loin de la vérité, réfuta Pélas.

— Il a deux fois mon âge ! fit remarquer Abrax avec un début d'amusement dans la voix.

— Ce que le temps lui vole chaque année, le *doctor* le comble par l'expérience, répliqua Pélas. Nul ne lui arrive à la cheville.

— Ça reste encore à prouver, se borna Abrax.

— Tu es fier comme un lion et aussi arrogant qu'un rat. Le dernier à avoir pensé comme toi est mort de ses propres mains.

Abrax jaugea le maître d'armes du coin de l'œil.

— Je connais ce regard, intervint Laucos en s'adressant à son terrible amant. N'y songe même pas.

— Je t'ai promis de tout faire pour ne pas nous attirer d'ennuis, mais je remettrais bien ce vieux bougre à sa place. Juste pour lui faire payer toutes ces heures de torture que nous endurons.

— La saison des jeux débute dans deux semaines, lui rappela Pélas. C'est la raison pour laquelle Térès se montre aussi intransigeant. La réputation de la maison Gradius est en jeu, mais la sienne l'est davantage.

— Je me moque foutrement des motifs qui l'animent ! rétorqua Abrax. Tout ce que je veux, c'est recouvrer ma liberté.

— Alors entraîne-toi durement et tâche de ne pas te faire tuer dès le premier jour, lui conseilla Pélas. Avec un peu de chance, tu obtiendras ton *rudius*.

— Qu'est que c'est ? le questionna Laucos en se penchant un peu vers lui.

— C'est un glaive en bois que l'on remet aux meilleurs combattants, révéla le jeune Pélas. Pour les esclaves, c'est la liberté assurée, pour les gens comme moi, c'est l'accomplissement d'un rêve. La gloire pour toujours. Térès fait partie des rares gladiateurs à l'avoir obtenu. Sa renommée a franchi les montagnes pour être reconnue jusqu'à Rome. Ses exploits sont salués par nous autres.

— Tu admires cet homme, constata Abrax.

— Bien sûr ! reconnut le jeune homme. Quoiqu'on en dise, Térès a mérité sa liberté. Il s'est affranchi par la sueur et le sang. C'est un exemple.

— Et pourtant, il continue à travailler pour la maison qui l'a asservi.

Pélas haussa les épaules.

— Il doit avoir ses raisons.

— A-t-on déjà offert deux *rudius*[19] en même temps ? se renseigna Laucos.

— Pas à ma connaissance.

Leur discussion fut tout à coup interrompue par une certaine agitation en provenance des portes de la caserne. Des chevaux hennirent et des voix masculines parvinrent jusqu'aux gladiateurs. Beaucoup se levèrent pour aller voir ce qu'il se passait, plus nombreux encore furent ceux qui restèrent assis.

— Quelqu'un d'important vient d'arriver, fit remarquer Pélas en apercevant Térès se lever de table pour rejoindre les appartements du laniste.

Cinq minutes plus tard, Curion Titus Gradius fit son apparition, affichant un air radieux sur son visage blême. Il était accompagné d'une femme de bonne condition, richement vêtue, mais qui donnait clairement

[19] Glaive en bois sur lequel est inscrit le nom du gladiateur ayant gagné sa liberté.

l'impression de ne pas avoir envie d'être ici.

— Ah, mes gladiateurs ! s'exclama Curion avec enthousiasme. Mes très chers gladiateurs. C'est un honneur de vous rencontrer, enfin !

Aucun des hommes assis ne se leva pour saluer le maître de maison, ce qui ne passa pas inaperçu. Sa bouche se tordit en un rictus mauvais et il donna une consigne à l'un de ses soldats. Ce dernier fit claquer un fouet en signe de représailles.

— Debout lorsque vous êtes en présence du laniste Curion Titus Gradius, ordonna sévèrement Térès.

Et tous s'exécutèrent sans grande conviction.

Le jeune prétentieux s'avança, entouré de gardes.

— Mon père Octavius m'a légué cette école, déclara-t-il. Je vais être sincère avec vous, je ne connais rien à la gestion d'un *ludus*.

Il balaya l'assemblée de ses yeux pétillants.

— Mais j'apprends très vite.

Quand son regard rencontra celui de Laucos, Curion s'interrompit. Il se passa vraisemblablement quelque chose dans son esprit car ses joues, d'habitude si pâles, se colorèrent d'un rouge éclatant. Il fixa le Gaulois avec persistance au point que ce dernier finit par se sentir mal à l'aise.

Térès toussota et le jeune laniste reprit la parole.

— Les jeux s'ouvrent dans deux semaines, informa-t-il l'assemblée. Rendez-moi fier de vous. Il en va de ma réputation ainsi que de la mémoire de votre ancien maître. J'entends faire de cette école l'une des plus réputées de la région. Vous avez prêté serment d'allégeance, faites-moi honneur.

Il fit une courte pause avant de poursuivre.

— Ceux qui me satisferont seront récompensés. Les autres...

Le patricien se tut pour donner du poids à ses paroles. Cette fois-ci, son regard s'arrêta sur Abrax.

— Ma foi, les autres ne me serviront à rien.

Il décocha un sourire mesquin, se tourna puis rentra à l'intérieur de sa demeure en dénouant sa cape. Pélas soupira en s'asseyant.

— Ce fils de rien va nous donner du fil à retordre, je le sens.

— Nous avons déjà eu maille à partir avec lui, confirma Laucos. Il a tout d'un dément égocentrique.

— J'aimerais bien le voir danser dans l'amphithéâtre celui-là. Il ne tiendrait pas deux secondes face à un chat d'Asie.

Abrax fronça les sourcils.

— Ce sont de redoutables prédateurs, indiqua le Narbonnais en levant la main au-dessus de la table. Hauts comme ça, le pelage rayé noir et ocre avec des griffes de la taille d'un doigt humain et des crocs encore plus longs !

— Une telle bête n'existe pas ! s'exclamèrent les Gaulois d'une seule voix.

— Pour sûr ! les contredit Pélas. J'en ai vu un de mes propres yeux déchiqueter son propriétaire un jour. La bête lui a ouvert le ventre d'un simple coup de patte.

— Et ils nous laissent dans l'arène avec ces monstres ? s'inquiéta Laucos.

— Rassurez-vous, on livre uniquement aux fauves les condamnés à morts et les criminels. Leur trépas n'est pas glorieux, mais il distrait la foule.

— Tout ceci est absurde, soupira Laucos.

— Ne t'en fais pas, lui garantit Abrax. J'ai bien l'intention d'être loin d'ici quand les jeux débuteront.

Pélas termina sa bouillie d'orge et de cendre en secouant la tête.

— Ton projet de fuite est voué à l'échec. Personne ne s'échappe d'ici. Combien de fois faudra-t-il te le répéter ? Les murs sont hauts et sans accroche possible.

— Sans oublier qu'il a des gardes postés à chaque entrée et à chaque sortie.

Agacé, Abrax tapa du poing sur la table, ce qui fit trembler bols et gobelets. Quelques têtes pivotèrent dans sa direction, attirées par le bruit. Se penchant vers ses deux interlocuteurs, il dit :

— Avec un peu de bonne volonté, tout est possible. Tout est possible !

CHAPITRE 17

La présence de Curion Gradius dans l'enceinte du *ludus* ne fit qu'accroître la rudesse des entraînements. Chaque matin durant les jours qui suivirent, il rejoignit Térès dans la cour pour faire son inspection, passant en revue ses guerriers en prenant soin de rabaisser les fortes têtes par une pique cinglante, une remarque désobligeante ou par la promesse d'un coup de fouet s'ils ne lui donnaient pas satisfaction. Térès désapprouvait son comportement. L'instructeur savait que ce n'était pas ainsi que le jeune patricien s'attirerait les faveurs de ses gladiateurs.

Octavius Titus Gradius avait été un homme sévère et intransigeant, mais jamais il ne s'était autorisé à humilier gratuitement ses hommes. Il connaissait la valeur de chacun d'entre eux, savait que la renommée de sa famille reposait sur leur courage et leur abnégation. Curion, lui, ne voyait en eux qu'un moyen d'accéder à un poste important. Ces hommes en sueur qui se démenaient du matin au soir n'étaient qu'un tremplin vers une carrière politique, des pions qu'il pouvait sacrifier à loisir.

— Tu ne devrais pas les malmener ainsi, avait tenté de lui faire comprendre Térès un matin. Tu dois leur donner une bonne raison de combattre pour toi.

— Quel autre motif leur faut-il sinon mon bon plaisir ? avait demandé Curion.

Térès n'avait pas répondu car aucune explication n'aurait eu de sens pour son employeur. Curion était désireux de marcher sur les traces de son père, mais n'avait pas pour ambition de le prendre en exemple.

Étonnamment, le seul qui ne souffrait pas des sautes d'humeur du laniste était Laucos. Pour une obscure raison, Curion Titus Gradius se montrait toujours aimable avec lui. Un comportement qui finit par éveiller la suspicion d'Abrax.

— Je suis certain qu'il mijote quelque chose, dit-il un soir, allongé sur sa paillasse, un bras par-dessus l'épaule de son conjoint.

— Tu vois le mal partout, le taquina Laucos gagné par la fatigue.

— Et toi, tu te montres trop confiant. Curion s'acharne sur chacun de nous sauf sur toi. C'est louche.

— Il a peur de moi, voilà tout.

— Ou peut-être que tu lui plais.

— C'est complètement grotesque !s'insurgea Laucos.

— Pas tant que ça si tu prends la peine d'y réfléchir une seconde.

— Il peut toujours déclarer sa flamme. Je n'aime que toi.

Abrax pencha légèrement la tête sur le côté. Son visage était si proche de celui de Laucos qu'il pouvait compter le nombre de paillettes qui coloraient ses iris bleutés.

Malgré la dureté de la situation, les amants réussissaient à trouver du réconfort dans leur quotidien, à travers les baisers qu'ils échangeaient ou bien dans les gestes tendres qu'ils s'accordaient entre les exercices.

Abrax posa ses lèvres sur le front lisse de Laucos. Ce dernier poussa un long soupir.

— Tu prévois toujours de t'évader de cette prison ? l'interrogea-t-il, à demi endormi.

— Plus que jamais ! s'exclama Abrax. Je ne supporte plus d'être enfermé ici.

— Il me tarde de revoir ma mère, ajouta Laucos. Mais comment comptes-tu t'y prendre ?

— Nous devons nous enfuir lorsque tout le monde dort. Il n'y a que quatre gardes à l'entrée des portes pendant la nuit. Il ne sera pas bien difficile de les désarmer.

— Mais pour atteindre l'entrée de la villa, il faut traverser les appartements de Curion. Crois-tu que nous pourrons rejoindre l'*atrium*[20]

[20] Vaste pièce couverte dont le toit pourvu d'une ouverture en son centre permettait de recueillir la pluie et d'alimenter un petit bassin situé en dessous. L'ouverture jouait également le rôle de puits de lumière.

sans être remarqués ? Les esclaves donneront l'alerte dès que l'un d'entre eux nous apercevra.

— Je trouverai un moyen.

— Tout ceci m'a l'air bien risqué si tu veux mon avis.

— Tu préfères rester ici ? cingla Abrax. Vivre comme un esclave parmi les esclaves ?

— Non, bien sûr que non, mais je ne veux prendre aucun risque. Pourquoi ne pas tenter quelque chose pendant les jeux ?

— J'y ai pensé, admit Abrax, mais la sécurité y sera renforcée. Nous n'avons qu'une seule et unique occasion, et c'est demain soir, quand tout le monde sera endormi.

Laucos plissa son petit nez. Il désapprouvait le plan de son amant.

— Je te trouve bien fébrile, fit remarquer Abrax.

— Si tout ne se passe pas exactement comme tu l'imagines, nous serons exécutés.

— Les festivités débutent dans sept jours, lui rappela Abrax. Nous risquons déjà la mort. Il faut tenter le tout pour le tout.

— J'en ai bien conscience, mais…

Abrax fronça les sourcils.

— Je ne te reconnais plus, dit-il. Où est l'homme qui s'est précipité à mon secours ? Où est l'homme qui m'a redonné espoir quand j'étais au plus mal ? Il faut te ressaisir !

Et comme pour adoucir l'atmosphère devenue opaque, Abrax chatouilla son amant. Laucos se mit à glousser, ce qui lui valut un « on aimerait dormir ! » en provenance d'une chambre voisine.

À son réveil le lendemain matin, Laucos trouva Térès, le regard perdu dans le vide, debout au pied du lit. Son faciès n'exprimait rien.

Pris de panique, Laucos secoua énergiquement l'épaule d'Abrax qui grommela comme un ours avant de se tourner sur le côté.

Une nouvelle secousse l'obligea à ouvrir les yeux.

— Laucos ! rouspéta-t-il. Laisse-moi encore une minute par Euranis !

Lorsqu'il aperçut enfin à travers le brouillard les traits rigides du *doctor*, Abrax se redressa vite fait bien fait en balbutiant quelques mots.

— Debout, leur intima Térès. Ce n'est pas une villégiature, ici.

Abrax glissa hors de sa litière alors que le *doctor* disparaissait. Le couple échangea ensuite un regard perplexe.

— Au moins il sait que nous sommes très liés, ironisa Laucos en s'habillant.

— Je ne sais pas si c'est de bon augure, répliqua pensivement Abrax.

Après le petit déjeuner qui se composa d'un bol de bouillie d'avoine arrosée de miel, les cours commencèrent. Au grand soulagement de tous, Curion ne se présenta pas ce matin-là.

— Il doit être occupé à organiser la réception qu'il entend donner à l'occasion des jeux, expliqua Pélas en s'étirant. J'ai entendu dire qu'il avait invité la noblesse narbonnaise à un banquet.

— Nous pourrions profiter de la fête pour nous enfuir, extrapola Abrax en se grattant la barbe.

— Tu nourris encore ce dessein ! s'exclama Pélas. Par Jupiter, quand tu as une idée dans la tête !

Il secoua la tête.

— Crois-moi, reprit-il, ce n'est pas ce soir que tu vas déguerpir.

Abrax fronça les sourcils.

— Je n'ai pas l'intention de moisir ici.

Dans la cour, les trois amis sentirent que l'air s'était rafraîchi. La matinée s'annonçait brumeuse, humide et les nuages bas qui s'amoncelaient de plus en plus leur donnèrent à penser que l'automne finissait par s'imposer ici aussi. Térès se montra distant avec les Gaulois, et peu attentif aux autres élèves durant le début de l'entraînement. Quelque chose troublait ses pensées. Pélas s'imagina tout un tas de raisons, plus folles les unes que les autres, que ses deux compères balayèrent du revers de la main.

— Il nous a trouvés couchés dans le même lit, avoua Laucos à demi-mots.

— Et tu crois que c'est ça qui le perturbe ? se moqua Pélas en entourant son bras épais autour du cou de son ami pour l'immobiliser et lui ébouriffer les cheveux. Il m'a vu dans des situations bien plus embarrassantes, pas plus tard qu'hier soir !

Laucos se dégagea en rouspétant et en gonflant son torse. Il arma son bras, positionna son bouclier à hauteur de son visage, juste sous ses yeux.

— Ah ! ah ! fit Pélas, amusé. Tu veux te battre ?

— Je relève le défi ! rit le grand brun décoiffé.

D'un peu plus loin, Abrax les engloba dans un même regard. Dans une autre vie, Pélas aurait pu devenir un de leur meilleur ami. Avec son naturel jovial et son caractère farceur, il n'aurait eu aucun mal à se faire accepter par la tribu.

— Ne retiens pas tes coups, Laucos ! conseilla Pélas en faisant passer son glaive d'une main à une autre.

— Je voulais te ménager un peu, mais puisque tu insistes, riposta son adversaire.

Laucos s'élança et frappa le premier. Sa lame ricocha contre le bouclier du Narbonnais dans un bruit de métal. Térès avait demandé à ce que les armes en bois soient remplacées par de véritables lames. Les jeux approchaient grandement et il n'était plus question de se battre comme des enfants.

Les armes s'entrechoquèrent, étincelèrent même quelques fois.

Les amis ne firent pas semblant, au point que tout le *ludus* se concentra autour d'eux pour les admirer. Térès y comprit. Chacun y alla de ses pronostics mais, au bout du compte, les parieurs durent reconnaître que les gladiateurs étaient de force égale.

Vingt minutes plus tard, à bout de souffle et le bras engourdi, Pélas se laissa carrément tomber sur les fesses. Épuisé, Laucos l'imita. Son corps glabre et noueux luisait sous la pâle lumière du jour, ses boucles brunes collaient sur son front, sa respiration était vive et son thorax se soulevait et s'abaissait de manière rythmée. Abrax et tous les autres les félicitaient pour leur échange sportif quand une voix nasillarde s'éleva tout à coup de nulle part.

— Un abandon ? entendit-on claquer sèchement.

La foule s'écarta pour laisser passer Curion Titus Gradius enveloppé dans une toge blanche bordée de rouge.

— Il est hors de question que mes gladiateurs abandonnent !

poursuivit-il en les jaugeant tous méchamment. Je n'ai pas dû me montrer suffisamment clair la dernière fois ! C'est mon honneur et mes gains qui sont en jeux, nullement votre vie ! Il m'importe peu de savoir si vous souffrez, si vous avez soif ou faim ! Vous combattez, un point c'est tout.

Il baissa son visage devenu furibond vers Pélas et Laucos qui transpiraient abondamment, mais ne fixa que Pélas.

— Relevez-vous ! leur intima-t-il.

Les deux compères s'activèrent, mais pas assez vite pour le laniste qui prit un fouet des mains d'un garde avec l'idée de s'en servir sur les deux esclaves.

Il était sur le point de châtier ses gladiateurs lorsque Abrax s'interposa en empoignant son bras. La rage qui empourprait le patricien disparut aussitôt, laissant la place à la surprise et à la consternation. Tous les gladiateurs sans exception reculèrent d'un pas, sauf Térès dont le regard s'obscurcit sur le champ.

— Comment oses-tu ? s'offusqua Curion, légèrement penché en arrière à cause de la menace que représentait Abrax.

Ce dernier était si grand, si costaud comparé au laniste, que la situation aurait presque pu passer pour une scène comique. Abrax accentua la pression de ses doigts autour du bras de Curion qui finit par lâcher le manche du fouet.

— Tu me fais mal ! se plaignit celui-ci.

Mais le Gaulois se moqua de la plainte.

— Abrax ! s'écria alors Térès en faisant claquer son propre fouet autour de son poignet. On ne lève pas la main sur son maître !

— Cet avorton n'est pas mon maître, postillonna-t-il.

Abrax contracta ses muscles et commença à soulever le patricien. Laucos ne broncha pas d'un pouce. Il était inutile d'essayer de raisonner son compagnon.

— Abrax ! renouvela Térès en tirant sur son lien afin d'opérer un contre-poids.

Devant l'obstination de son élève, le *doctor* s'empara d'un glaive et glissa le tranchant sous la gorge de Laucos.

— Je t'ai dit de le laisser !

CHAPITRE 18

Abrax hurla de douleur dès l'instant où le cuir du fouet vint lécher la peau de son dos. Au deuxième claquement de lanière, Laucos se recroquevilla sur lui-même, incapable de supporter plus longtemps les cris de son amant. Rester là à ne rien faire était une véritable torture. Tellement insupportable qu'il aurait préféré devenir sourd. Agenouillé sur le carrelage froid de l'*atrium*, Laucos en vint à prier ses dieux pour que le supplice prenne fin.

Mais les coups persistèrent.

Mentalement, il compta les flagellations comme pour accompagner Abrax dans son châtiment.

Trois, quatre, cinq.

Le claquement du fouet était presque aussi terrifiant que l'image de la chair d'Abrax se déchirant à chacun de ses passages. Laucos avait beau fermer les yeux, il ne cessait d'imaginer les entailles sanguinolentes, les muscles à vif.

Curion Titus Gradius faisait les cents pas devant lui, les mains jointes dans le dos. Ses scandales crissaient inlassablement contre le marbre.

L'apprenti gladiateur finit par relever la tête vers son propriétaire, luttant contre l'envie de se jeter sur lui pour l'étriper.

Six, Sept, huit.

Sans vraiment savoir pourquoi, il se mit à étudier l'intérieur de la villa avec un intérêt particulier. La plupart des murs étaient recouverts de mosaïques. Ceux qui ne l'étaient pas étaient tapissés de tentures épaisses en coton d'Égypte. L'essentiel de la décoration tenait dans les vases garnis de fleurs coupées, dans les hautes plantes vertes qui délimitaient les contours du bassin et dans les divers objets d'art disséminés un peu partout. Une ou deux idoles prenaient les traits d'un éphèbe ou d'une muse dans le jardin que l'on devinait derrière Curion. À en juger par la qualité et le soin apportés aux détails, le mobilier était très coûteux. Rien à voir avec celui qui garnissait le quartier des esclaves, ou encore le dortoir des gladiateurs, plus modeste.

Curion cessa de piétiner pour se poster devant Laucos.

— Dix coups de fouet, dit-il froidement. Est-ce que cela te parait raisonnable pour avoir osé porter la main sur son maître ?

Était-ce une question piège ? Si Laucos répondait par l'affirmative, Curion le prendrait comme un affront et doublerait la sentence. S'il disait non, il justifiait la punition infligée à son compagnon. Dans les deux cas, Abrax risquait dix coups de fouet supplémentaires.

— Alors ? s'impatienta le jeune Gradius.

Laucos lorgna ses pieds serrés dans des sandales de cuir

— Je ne sais pas, finit-il par avouer en détournant les yeux.

Curion s'accroupit pour arriver à la même hauteur que son esclave. Il lui prit le menton et le força à le regarder.

Cet homme est mauvais, pensa Laucos. *Il est l'incarnation du mal.*

L'envie lui prit de se redresser, de lui mettre un coup de tête et de l'étrangler à mains nues, mais deux soldats se tenaient dans son dos et il n'avait aucune chance de parvenir à ses fins sans recevoir une lame en travers du corps.

Laucos déglutit avec peine.

— Que serais-tu prêt à faire pour que cesse le tourment de ton *ami* ? le questionna Curion.

Laucos resta muet face à la question.

— Aimes-tu cet homme ? continua le laniste en plongeant son regard assassin dans les azurites du Celte.

Il dévoila sa main droite ouverte.

— Si tu ne réponds pas à mes questions, c'est cinq de plus pour le barbare.

— Oui, balbutia Laucos, impuissant et fou de chagrin.

Le noble se redressa et fit emporter Laucos dans ses quartiers privés. Là encore, la pièce était spacieuse, décorée avec ostentation.

— Laissez-nous, ordonna le maître des lieux à ses subalternes.

— Il n'est pas très prudent de vous laisser seul avec ce sauvage, fit remarquer l'un deux.

Un simple plissement des paupières les fit se courber pour le saluer et déguerpir. Une fois les portes closes, Curion alla se servir une coupe de vin.

— Je ne me suis jamais intéressé aux barbares dans ton genre, grimaça-t-il. J'ai toujours vu en vous un peuple de nomades, de primitifs bons à vous balader à poil du matin au soir, à forniquer pour engendrer plus de sauvageons, mais quand je t'ai vu pour la première fois…

Le patricien se tût, sembla hésiter une seconde puis reprit :

— Ton regard m'a subjugué.

Abrax avait vu juste, s'alarma Laucos en jetant un œil derrière lui.

Curion suivit son regard, pencha légèrement la tête sur le côté en ayant un petit sourire en coin.

— Ne te risque pas à m'attaquer, prévint-il. Mes hommes se tiennent juste derrière la porte.

— Il se pourrait que je sois plus rapide qu'eux, déclara Laucos.

Cette menace ne fit guère sourciller le Romain. Au contraire, elle parut l'amuser.

— C'est une possibilité, admit-il, mais tu ne t'y risqueras pas. Si tu attentes à ma vie, je ne donne pas cher de ton bel étalon.

Machinalement, Laucos serra les poings. Curion s'accroupit en face de lui.

— J'aimerais te proposer un marché si tu me le permets, chantonna-t-il.

— Je ne fais aucune transaction avec un homme de ton espèce.

Le jeunot sourit franchement. Son visage carnassier prit alors toute sa dimension.

— Je passerai outre ton langage, lui signifia-t-il, et je ne ferai pas tuer ton amant si, en échange, tu te donnes à moi.

— Plutôt crever, annonça le Gaulois.

— Tu dois comprendre que depuis ma naissance, j'ai toujours obtenu ce que je veux. Je ne vois pas pourquoi tu perds ton temps à te refuser à moi.

— Je ne t'appartiens pas.

— C'est là où tu te trompes. Je suis en droit de faire ce que je veux de toi.

Curion se releva.

— Vous m'appartenez tous autant que vous êtes.

— Tu ne m'auras pas, moi.

— Tu as l'air bien sûr de toi.

Le laniste fit quelques pas.

— Vois toutes ces richesses autour de toi, dit-il. Tous ces plaisirs auxquels tu n'as jamais goûtés. Tout cela peut être à toi si tu deviens mon esclave personnel. Le vin dans cette carafe, la viande qui rôtit au moment où nous parlons, un lit.

— Toutes ces offrandes sont du poison dès lors qu'elles proviennent de toi. Je ne me laisserai pas duper par tes cadeaux.

Le jeune laniste posa son gobelet sur un guéridon et alla s'asseoir sur le rebord de son lit. Laucos angoissait. Les cris d'Abrax avait fini par s'arrêter. Dans quel état allait-il le retrouver ?

— Ma promise Lutécia n'est qu'une gentille gourde, dit Curion avec conviction. J'ai bêtement cru au début de notre mariage qu'elle satisferait mes envies les plus excentriques, mais elle est aussi froide qu'une pierre.

— Je ne suis qu'à moitié surpris, lança l'esclave. Il faut une certaine abnégation pour réussir à partager ta couche.

Le rictus de Curion disparut. Il se releva pour faire quelques pas jusqu'à son verre. Le nobliau n'avait visiblement pas l'habitude qu'on lui résiste et il faisait tout son possible pour garder la maîtrise de lui-même.

— J'ai besoin d'elle pour concevoir un fils, mais c'est toi que je convoite. Je ne pensais pas cela possible, je dois bien l'avouer, mais tout me plaît chez toi. Tes cheveux ondulés, tes grands yeux bleus, ton odeur. Cela fait des semaines que je résiste à la tentation, mais je ne tiens plus.

Il se tourna pour affronter l'objet de son désir.

— Je te veux.

— Et je te le répète : tu ne m'auras pas dans ton lit. Je ne t'aime pas ! rétorqua Laucos, plus déterminé que jamais.

— Oh, mais je n'ai nullement besoin de ton amour, éclata de rire le patricien. Ce que je réclame ce sont tes cuisses, ta bouche et ta queue. Le reste n'a pas la moindre importance. C'est avoir beaucoup d'orgueil que de penser que ton affection a de l'importance pour moi.

Le Gaulois se redressa lentement, imposant sa stature de champion. Curion avait des allures d'oisillon à côté de la puissance de Laucos.

— Jamais, articula-t-il lentement.

Furieux, Curion envoya valser son verre qui vola à travers la pièce.

— Gardes ! appela-t-il.

Aussitôt les portes s'ouvrirent dans un grand fracas et Laucos fut encerclé, les piques de quatre lances pointées de chaque côté de sa personne.

— Comment se porte notre Gaulois ? se renseigna Curion.

— Il est dans les vapes, mais il survivra, lui apprit l'un des gardes.

Laucos remarqua le fouet dans ses mains.

C'est du sang, constata-t-il. *Il s'agit du sang d'Abrax.*

Il sursauta au son de la voix nasillarde de Curion.

— Parfait ! s'écria ce dernier. Rends-toi en cuisine. Rapporte du sel et va lui frotter le dos avec. Je suis certain que cela le remettra d'aplomb.

— Par pitié, plaida Laucos. Il a déjà trop souffert.

— Il ne tient qu'à toi de mettre un terme à ses souffrances.

Laucos frissonna. Lorsqu'une larme tomba sur sa main, il réalisa qu'il pleurait. Tout s'agitait dans son esprit, mais il savait ce qu'il devait faire. Il n'avait pas le choix. Son amour pour Abrax était inconditionnel.

Je ferai n'importe quoi pour lui.

— Très bien, soupira-t-il, résigné. Je vais le faire.

Une lueur de lubricité brilla aussitôt dans les pupilles noires du patricien.

— Sortez ! intima-t-il à son personnel. Sortez tous.

CHAPITRE 19

Abrax était allongé sur le ventre, le dos à l'air libre, strié de rainures sanguinolentes. Sa respiration était lente, mais on devinait la souffrance dans chacune de ses inspirations. Une lampe à huile posée sur le rebord de la fenêtre envoyait des ombres dansantes sur les parois en terre cuite. Le vent du soir faisait dangereusement crépiter la petite flamme orangée. Laucos resta paralysé dans l'embrasure de la porte. Son cœur lui commandait de se jeter aux pieds de son amant, mais ses jambes refusèrent de bouger. Un trou béant se forma dans sa poitrine, un puits si profond qu'il lui coupa presque le souffle. Un poids immense s'abattit sur ses épaules et il dut se raccrocher au mur pour ne pas s'écrouler sur place.

Derrière lui, les gladiateurs déambulaient dans les couloirs, attentifs mais pudiques. Pélas était hors de son champ de vision. Sa présence aurait pourtant été la bienvenue.

Recouvrant peu à peu sa volonté, Laucos pénétra dans la cellule. Fébrile, il s'agenouilla près de son compagnon et lui caressa le front. Celui-ci était brûlant de fièvre. À peine l'effleura-t-il que le blessé ouvrit les yeux. Les deux amants s'observèrent silencieusement. L'ambre et l'azur. Le blond et le brun. L'ours et le renard. Laucos refoula les larmes qu'il sentait poindre. L'amour de sa vie venait d'endurer un châtiment corporel atroce et il n'était pas question qu'il lui montrât sa peine.

Abrax voulut se relever mais à cause de ses plaies ou parce qu'il surestimait ses capacités, il abandonna aussitôt en grimaçant.

— Ne bouge pas, lui conseilla amoureusement Laucos.

Abrax reposa lourdement sa tête sur son bras.

— Je suis désolé, prononça-t-il tout bas.

— De quoi ? D'avoir voulu prendre ma défense ?

Abrax essaya de lui répondre, mais sa voix se brisa.

Laucos se releva pour chercher parmi leurs maigres possessions quelque chose capable de soulager son partenaire. Au village, les druides auraient pu lui confectionner des cataplasmes à partir de plantes médicinales comme la consoude réputée pour ses bienfaits apaisants et cicatrisants. Il savait que le plantain avait des propriétés antiseptiques mais, dans cet enfer, il avait peu de chance d'en trouver. Tournant sur lui-même, il finit par prier les Matrones, ces trois puissantes déesses vers qui l'on s'orientait afin d'obtenir une guérison miraculeuse.

— Je vous en conjure, Mères de toutes les mères, murmura-t-il le dos tourné afin qu'Abrax ne devine pas son désarroi. Accordez-moi votre soutien.

C'est alors que Démétrius apparut sur le pas de la porte.

Ce n'est pas l'aide à laquelle je pensais ! reprocha Laucos dans sa tête.

— Comment se porte-t-il ? se renseigna le Grec, visiblement contrarié par l'état de santé d'Abrax.

— Il souffre, pesta Laucos.

Le colosse fit une moue de sollicitude.

— Tiens, dit-il en lançant un pot en terre cuite qui atterrit entre les mains de Laucos.

— Qu'est-ce que c'est ?

— Un pommade. Nettoie ses plaies avec de l'eau tiède, ensuite applique-lui ça sur le dos. Ça devrait calmer la sensation de brûlure et l'aider à cicatriser.

— Comment as-tu eu cet onguent ?

Démétrius haussa les épaules.

— Le médecin du *ludus* me devait un service, répondit-il.

— Pourquoi fais-tu cela ? demanda faiblement Abrax.

— Je n'aime pas les injustices, déclara l'ogre. Et puis, je dois dire que tu m'as impressionné. T'as du cran, je ne peux pas le nier. Personne ici ne se serait opposé au jeune maître. Il faut être cinglé ou aimer jouer avec le feu.

— Je l'ai fait par amour, attesta l'alité.

Cette réponse laissa le bienfaiteur perplexe pendant quelques instants. Son attention passa de l'un à l'autre, puis il finit par comprendre.

— Peu m'importe tes motivations, dit-il.

Il salua le couple d'un geste de la tête puis disparut. Laucos le suivit et revint avec de l'eau tiède et une éponge.

— Ça risque de te faire un peu mal, prévint-il.

— J'en ai vu d'autres, maugréa gentiment le Gaulois.

Avec douceur et précaution, le soigneur humidifia l'épiderme irrité. Le sang avait commencé à sécher si bien que quelques mèches dorées collaient sur les épaules du blessé. De fines croûtes commençaient même à se former.

— Tu n'aurais pas dû intervenir, regretta Laucos.

— Je n'accepterai jamais que l'on te fasse du mal.

— Je sais me défendre tout seul.

— J'ai agi sans réfléchir, reconnut Abrax avant de s'emporter. Ce petit merdeux mériterait qu'on lui brise la tête ! Maudit soit-il !

Il poussa un long soupir pour se calmer.

— Ça ne doit pourtant pas changer nos plans, déclara-t-il.

— Tu n'y penses pas ! protesta Laucos. Dans ton état, nous ne ferons même pas deux pas.

— Au contraire ! insista Abrax, plus déterminé que jamais.

Laucos arrêta ses soins pour fixer son compagnon.

— Je n'ai pas l'intention d'en débatte avec toi, lui dit-il. On reste ici le temps que tu ailles mieux. D'autres occasions se présenteront.

— J'ai parfois l'impression que tu ne veux pas retourner chez nous.

— Ne dis pas de sottises. Je ne veux courir aucun risque, c'est tout.

C'était le moment propice pour lui dire ce qu'il avait sur le cœur, pour lui révéler que ce qu'Ambiorix avait planifié, mais Laucos n'en fit rien. Abrax le dévisageait, incapable de comprendre ses motivations. Soudain, il tendit la main vers sa mâchoire.

— Qu'est-ce que c'est que ces marques rouges sur ton cou ? demanda-t-il.

— Ce n'est rien.

— Ce sont des éraflures, déclara Abrax.

— J'ai dû me les faire pendant l'entraînement.

— Et là autour de tes poignets ? Ces ecchymoses ?

— Tiens-toi tranquille, s'il te plaît, ronchonna Laucos.

Le convalescent obéit en se mordant la lèvre supérieure. Abrax redoutait de poser la question. Il était Gaulois, il était chevelu, un peu rustre, mais il n'était pas totalement idiot. Laucos lui cachait la vérité.

— Réponds-moi, imposa-t-il à son compagnon.

Laucos appliqua une noix du baume sur les plaies et tapota très délicatement. L'odeur, repoussante, lui rappela la fois où sa mère avait utilisé une pâte à base d'herbes sauvages pour soigner son genou écorché. Quel âge avait-il ? Dix, douze ans ? Le monde semblait si simple à cette époque…

Abrax grimaça, le ramenant à la réalité.

— Ça va ? s'enquit-il. Je ne te fais pas trop mal ?

— Ne cherche pas à changer de sujet ! bougonna Abrax.

Ses yeux se fixèrent sur lui avec la voracité d'un prédateur.

— Qu'est-ce que tu ne me dis pas ?

Hésitant, Laucos chercha à éviter son regard.

— Qu'est-ce qui t'es arrivé ?

— Rien.

— C'est Curion qui t'a fait ça ?

Devant le mutisme de Laucos, Abrax se positionna sur ses coudes en fronçant les sourcils.

— Qu'est-ce qui s'est passé ? demanda-t-il avec plus d'aplomb.

— J'ai fait ce qu'il fallait pour que tu ne sois pas tué, fit Laucos.

— C'est-à-dire ?

La réponse se fit attendre et cela rendit Abrax plus irascible encore. Laucos continuait de lui apposer son remède, peu enclin à en dire plus.

— ALORS ? rugit Abrax.

Laucos sursauta puis demeura stoïque le temps de quelques secondes. Les mots ne voulaient pas sortir, les sons demeuraient inextricablement coincés dans son larynx.

Si je lui révèle tout, craignit-il, *il éprouvera du dégoût pour moi. Il ne me regardera plus jamais de la même manière.*

Mais devant l'insistance de son amant, il finit par cracher le morceau.

— J'ai couché avec Curion, avoua-t-il. Au début, j'ai résisté. Je ne voulais pas ! Mais il menaçait de te faire encore plus de mal. Je ne pouvais pas le supporter. J'entendais tes hurlements, le son du fouet…

La gorge serrée, Laucos s'interrompit. Abrax s'empourpra de rage.

— Je vais le tuer ! promit-il entre ses dents comme une sentence divine. Je vais tuer ce fils de chien de mes propres mains !

CHAPITRE 20

La foule était déchaînée. Des cris de liesse montaient depuis les gradins pour se déverser en cascade par-dessus l'amphithéâtre de la cité. Gagnés par la ferveur, les hommes braillaient, réclamaient du sang et des combats. L'alcool coulait à flot, ce qui ne manqua pas d'échauffer très vite les esprits parmi les parieurs. Des noms d'oiseaux furent échangés, des gifles furent distribuées et de vieilles rancunes donnèrent lieu à quelques rixes sans gravité.

Les femmes n'étaient pas en reste. Beaucoup s'agitaient en fantasmant sur les corps sculptés des participants à venir. Les plus frileuses avaient apporté des capes sous lesquelles se réchauffer. Le moment venu, nombre d'entre elles entendaient bien afficher les formes généreuses qu'elles dissimulaient sous des robes de coton, légères et transparentes, et se donner en spectacle.

Les jeux étaient l'occasion pour ces épouses en manque d'affection de s'adonner à quelques infidélités. Il n'était pas rare en effet qu'une ou deux friponnes, bien souvent de haute naissance, se laissent tenter par une excursion en coulisse, histoire de se faire peur en approchant un *Mirmillon*[21] ou un *Rétiaire*[22]. Pour peu qu'elles se délestent d'une bourse bien remplie, il était possible aux plus audacieuses de tâter du muscle, voire de la verge. Les jouvenceaux en mal d'aventure succombaient tout autant aux caresses un peu brutales d'un condamné à mort bien

---

[21] Combattant équipé de jambières, d'un casque et d'un manchon de cuir lui recouvrant tout le bras. Muni d'un glaive et d'un large bouclier, le Mirmillon est un gladiateur dit lourd.

[22] Principal adversaire du Mirmillon dans l'arène. Combattant dit léger, armé d'un trident et d'un filet.

charpenté.

Dans les loges dédiées aux notables de la cité, les familles les plus influentes commençaient à s'installer. Des musiciens jouaient un air entraînant au moyen de flûtes, de lyres et d'instruments à percussion. Entre les notes festives, se glissait de temps en temps le rugissement d'un lion, ou le grognement d'un ours, signe que les réjouissances promettaient un peu d'action, sinon une véritable boucherie.

Il s'agissait des premières festivités depuis la fin de l'été et l'impatience avaient conquis la population aussi, lorsque des gladiateurs venus de Nîmes ou de Naples apparurent sur la piste, tous furent vivement acclamés. Les guerriers solitaires s'échauffèrent contre un *palus*[23], offrant aux pucelles et aux parieurs un avant-goût du spectacle. Les autres, bien moins lotis par l'expérience, s'entraînaient à deux ou à trois. Les condamnés et les nouvelles recrues comme Laucos patientaient à l'abri des regards.

Depuis sa place, Laucos rechercha Curion Titus Gradius parmi les spectateurs. Il le trouva dans la loge centrale en compagnie de son épouse, plus désœuvrée que jamais, en train de discuter avec un autre laniste. La pauvre femme serrait une coupe entre ses doigts, le regard perdu dans le vague. Elle secouait gentiment la tête quand on venait la saluer, souriait lorsque cela lui paraissait nécessaire. Par moment, la concubine d'un haut fonctionnaire se tournait vers elle pour lui dire un mot ou deux, mais la discussion ne durait que très rarement et la miséreuse retournait à sa solitude.

Laucos éprouva de la pitié pour elle. Tous deux avaient tellement en commun ! La mariée n'était qu'un apparat pour Curion, tout comme il n'était qu'un jouet de plaisir, une distraction. Cette évidence lui mit la rage au ventre et Laucos serra les poings à s'en faire craquer les articulations.

Chaque soir depuis qu'il avait accepté les termes de ce sordide arrangement, le jeune Gaulois retrouvait Curion dans ses appartements pour en ressortir le dos griffé, les fesses rouges et les lèvres irritées.

La veille, il n'avait pas osé se retourner en quittant la cellule de

---

[23] Poteau de bois contre lequel les gladiateurs s'entraînent.

crainte d'affronter le jugement d'Abrax. Il avait longé le long couloir du dortoir, croisé quelques regards compatissants, pour se rendre directement dans la chambre du laniste. À contrecœur, l'esclave sexuel s'était dévêtu pour se tenir devant Curion qui terminait de dîner.

Après des effleurements dont seul le jeune Gradius avait le secret et quelques sauvages baisers, le patricien avait insisté pour que l'on rase les joues du Celte. Laucos n'avait pas moufté d'un pouce lorsque le barbier s'était manifesté.

— Je te veux aussi propre et lisse qu'un Romain, avait expliqué Curion. Doux comme une étoffe de soie. Je hais tous ces poils. Tu ressembles presque à un animal.

Puis il avait ri de sa remarque avant d'ajouter :

— Il faut que tu sois présentable demain pour les jeux.

Une fois la corvée terminée, une servante s'était approchée avec des forces à tondre. Comprenant qu'il devait dire au revoir à ses merveilleuses boucles brunes, Laucos avait simplement penché la tête en arrière.

Tu paieras pour tout ça, Curion. Je le jure sur le Dieu cornu, avait-il pensé.

Après sa toilette, Curion l'avait fait s'allonger sur son lit. Le monstre bandait comme un taureau, le vin lui tournait la tête. C'était ainsi que le maître l'avait pris.

Laucos n'éprouvait aucun désir pour son corps sec et musclé, tout en tension et en nerfs. Le tortionnaire ne lui dédiait aucun geste affectueux, aucune marque de tendresse, contrairement à Abrax. Tout ce qui l'intéressait, c'était son propre plaisir. Jouir et se rincer le gosier avec du vin en se gargarisant d'être un amant de qualité.

« Tu es tellement beau. J'aime te posséder. Tu es à moi. »

Tels étaient ses mots d'amour tandis qu'il allait et venait brutalement dans l'intimité de Laucos.

Le sexe avec Curion était une torture à chaque fois, mais ce n'était pas ce qui écœurait le plus Laucos. Il se serait donné sans hésitation à toute une garnison de Romains si cela avait dû sauver l'homme de sa vie. Non, ce qui lui donnait la nausée, c'était la semence de son possesseur qui se déversait en lui et qu'il conservait comme un poison.

Laucos chassa les événements de la soirée précédente de son esprit puis inspira un grand coup. Il passa une main sur son crane tondu. La poussière et le sable rendaient l'air difficilement respirable dans les cales. Les futurs combattants éternuaient et toussaient en jurant. L'excitation faisait frémir la foule mais, sous l'estrade, c'était l'appréhension qui gagnait les gladiateurs. Une poignée d'hommes, des nobliaux qui s'étaient engagés en quête de gloire, commençaient à paniquer. Et pour cause ! Si les professionnels mourraient rarement pendant les combats, il n'en allait pas de même pour les élèves qui risquaient gros. Ils étaient bien souvent jetés en pâture pour exciter l'appétit des spectateurs avant l'entrée en scène des véritables héros comme Démétrius. À quelques secondes de l'ouverture des portes, Térès vint se poster devant ses hommes pour s'adresser à eux.

— Écoutez-moi bien, dit-il sur un ton ferme. Vous avez été formés pour ce qui va suivre. Ces hommes de l'autre côté sont vos ennemis. Ce ne sont pas des professionnels, mais des assassins, des violeurs, des moins que rien. Ils sont là pour distraire la foule, alors offrez-moi du grandiose ! Je veux voir des gladiateurs, vous m'entendez ?

Il attendit l'assentiment des guerriers avant de poursuivre.

— Le premier qui refuse de se battre, je lui enfonce mon glaive dans la panse. Est-ce que c'est compris ?

Tous hochèrent gravement de la tête. Laucos plus que quiconque.

Il avait obtenu de Curion un sursis pour Abrax qui ne combattrait que le surlendemain, au troisième jour des jeux. Cette clémence allait lui coûter cher, le jeune homme en était conscient, mais là encore il s'en moquait. Curion pouvait bien le baiser avec un tison ardent, il n'en avait cure. À partir du moment où son compagnon était épargné, il encaisserait tous les maux du monde. Térès détourna son regard pour le poser sur le Gaulois.

— Laucos, dit-il d'une voix troublée. Tâche de ne pas te faire tuer.

Ces paroles furent concises, mais elles lui allèrent droit au cœur.

— Merci, répondit-il.

Il n'eut guère le temps de se questionner sur cette attention soudaine du *doctor,* car les portes devant lui s'ouvrirent. La lumière l'éblouit une seconde puis, très vite, il s'élança dans la fosse, emporté par le reste du groupe. Au-dessus d'eux, la foule hurlait, impatiente d'assister aux premiers échanges. Laucos balaya l'arène du regard. Les spectateurs étaient répartis de manière plus ou moins uniforme sur la trentaine de gradins que comptait l'édifice. On accédait à sa place par le biais de galeries et d'escaliers à hautes marches. Au sommet, des mats plantés dans la pierre permettaient de soutenir le vélin[24].

Ces gens n'attendent que le sang, songea-t-il en les écoutant crier.

Un premier adversaire, peu sûr de lui, se présenta devant Laucos. Visage blafard, cheveux filandreux et muscles mous, il donnait l'impression de ne pas savoir ce qu'il faisait là. Armé d'une pique et sans aucune autre protection, l'échange fut de courte durée. Laucos donna un coup de pied direct dans le torse de son opposant qui bascula lourdement en arrière. Dès qu'il toucha terre, son glaive s'enfonça sans ménagement dans le plexus du prisonnier.

À peine sa lame fut-elle retirée du cadavre qu'il dut faire face à un colosse venu en découdre avec lui. Le combat fut rude mais Laucos en sortit vainqueur.

Autour de lui régnait un désordre inouï, entretenu par les exclamations de la foule et les cris d'agonie des mourants. Il y avait des traces de sang partout sur le sable, des viscères, des doigts et des corps sans vie. Un puissant mélange de cuivre, de merde et de poussière lui monta bientôt au nez.

L'odeur de la mort ! réalisa Laucos.

Dans les gradins, les spectateurs s'époumonaient. Les femmes jubilaient. Les parieurs enrageaient. Un trident vola près de lui, un Thrace fut égorgé par un adolescent. Une tête fut ôtée de ses épaules. On assistait à un véritable carnage pour le plus grand bonheur des invités.

Tout à coup, un coureur fondit sur Laucos. Bondissant à pieds joints,

---

[24] Immense toile que l'on pouvait déployer et qui permettait d'ombrager les gradins ainsi qu'une partie de la scène.

il percuta l'armature en bois de son bouclier et l'envoya valser au sol. Au même moment, un guerrier à la peau noire s'approcha et leva sa masse au-dessus de sa tête.

Secoué, Laucos se protégea à la toute dernière seconde derrière son bouclier. La structure résista à la secousse, pourtant d'une rare violence. En revanche, les vibrations du choc lui engourdirent le bras droit.

Une roulade sur le côté lui permit de se relever rapidement et de se remettre en position.

— Vous voulez la jouer à deux contre un ? envoya-t-il avec espièglerie à ses adversaires en essayant de gagner du temps. Très bien.

Laucos se concentra sur le Nubien. Le marteau était une pièce lourde qui nécessitait de la part de son utilisateur beaucoup d'adresse mais, au corps à corps, elle s'avérait encombrante. C'est ce qui le poussa à vouloir s'attaquer à lui en premier. Contre toute attente, Okras, un grand type aux cheveux tressés, vint se placer à ses côté pour lui apporter son aide. Laucos sut que ce n'était pas par charité que le gladiateur lui prêtait main forte. En cas de victoire de ce dernier sur son opposant, il serait le suivant sur sa liste.

Le Nubien fit tourner le poids au-dessus de sa tête afin de garder son adversaire à bonne distance. Laucos se débarrassa de sa protection et ramassa un deuxième glaive qui traînait par terre. Ainsi paré, il courut dans sa direction et se jeta à genoux au dernier moment pour glisser sous la masse qui lui frôla le visage. Tout en se redressant, il plongea entièrement ses deux lames dans le bas-ventre de son opposant. Le Nubien lâcha son poids en grognant de douleur et saisit les poignets du Gaulois.

Il s'ensuivit une lutte acharnée entre les deux hommes pour savoir lequel hériterait des glaives. Le géant à la peau sombre ne résista pourtant pas très longtemps. Ce n'était qu'une question de minutes avant qu'il ne passe de vie à trépas, du sang mélangé à de l'urine s'écoulant abondamment de ses mortelles blessures.

Lorsqu' enfin ses genoux touchèrent le sol, Laucos ôta ses glaives des entrailles du Nubien et se mit en position de combat en vue d'affronter Okras. Ce dernier finissait d'achever son adversaire lorsque le carreau d'une flèche se logea en travers de sa gorge. Incrédule, le combattant retira la pointe de fer en grognassant et du sang jaillit abondamment de son cou. Laucos le regarda tituber vers une des sorties, mais vu l'ampleur de la plaie, il n'avait que peu d'espoir.

Laucos était tendu, épuisé, essoufflé. Un filet de sueur coula sur son front et lui brûla les yeux. Il retourna sur ses pas pour ramasser son bouclier puis engloba l'arène dans un seul regard. La scène comptait plus de cadavres que d'hommes encore debout, mais les survivants étaient tous des titans de chair et de cuir, des combattants coriaces, prêts à tout pour survivre.

Je ne vais jamais m'en sortir, se dit-il avec anxiété.

CHAPITRE 21

Lorsque le vent soufflait dans la bonne direction, Abrax pouvait entendre les clameurs de la population se mêler au crissement du fer depuis son lit. Selon l'intensité des exclamations, il était en mesure de dire si un gladiateur était mort, si un autre était gravement touché ou si un chanceux avait survécu. La fête battait son plein, car la musique et les chants se disputaient les cris d'agonie des blessés et les aboiements des arbitres. Les genoux vissés au sol dur de sa cellule, Abrax invoquait ses divinités.

Ô Grand Cornu, protège l'homme que j'aime. Ramène-le-moi sain et sauf.

Une bourrasque d'air frais s'engouffra par la petite lucarne de la pièce en sifflant et le décoiffa.

Est-ce un mauvais présage ? se demanda-t-il. *On dirait le chuchotement de la mort.*

Cette idée lui fit craindre le pire. À l'heure qu'il était, Laucos combattait seul contre tous. Qui savait seulement dans quelles conditions ? Qui pouvait dire s'il n'était pas déjà étendu dans la poussière à se vider de son sang ?

Curion Titus Gradius avait beau le choyer, prétendre qu'il ne lui voulait que du bien, cela ne l'avait pas empêché de jeter Laucos en offrande à cette foule assoiffée de sang ! Abrax se leva pour s'allonger sur le côté. Il voulait être avec son compagnon, le soutenir, l'épauler, le protéger. Il voulait affronter le danger avec Laucos, mourir avec lui s'il le fallait !

Au lieu de cela, il était retenu dans le *ludus*, le dos strié de croûtes et de boursouflures. Jamais il ne s'était encore senti aussi inutile qu'en cet instant.

Le remède de Démétrius avait fait des miracles. Sa peau ne chauffait plus et il pouvait déjà remuer les bras et les épaules sans souffrir. Pour autant, ses lacérations n'étaient pas tout à fait cicatrisées et un mouvement brusque risquait de les rouvrir. Abrax déplaça son regard vers l'entrée. Il s'attendait à voir Laucos apparaître, mais personne ne vint hormis le garde romain qui faisait sa ronde dans son apparat de métal et de pourpre.

La veille au soir, Laucos était revenu de son entrevue quotidienne, porteur d'une nouvelle.

— Je suis parvenu à convaincre Curion de t'accorder deux jours de repos supplémentaire, l'avait-il mollement informé. Demain tu ne feras pas l'ouverture des jeux.

Le jeune laniste lui avait octroyé une faveur, mais à quel prix ? Rien n'était gratuit avec cet avorton. Qu'attendrait-il en retour pour cette générosité soudaine ? Davantage de sexe avec Laucos ?

Savoir que son compagnon partageait la couche de cet abominable gamin était déjà difficilement supportable. Abrax ne tolérerait pas d'autres abus de la part de Curion.

Laucos ne parlait jamais de ces rendez-vous nocturnes. Dès qu'Abrax essayait de lui tirer les vers du nez, il se mettait en colère puis se murait dans le silence jusqu'au matin suivant. Dans ces moments-là, Abrax n'insistait pas, mais il estimait au fond de lui que Laucos ne devait pas garder tout cela pour lui. Le cœur lourd d'inquiétude, le Gaulois s'allongea sur sa banquette et ferma les yeux.

Lorsqu'il se réveilla quelques heures plus tard, la nuit était tombée. Laucos était penché au-dessus de lui et son sourire était tout bonnement magnifique.

— Tu es vivant, s'étrangla Abrax en se redressant pour le serrer fort dans ses bras.

Les doigts tremblants d'émotion, il lui caressa la joue droite. Les jolies boucles brunes, soyeuses et douces, qui encadraient son si beau visage avaient disparu. Sa barbe qui masculinisait ses traits et lui donnait fière allure lui avait été confisquée. Curion lui avait volé son image.

Abrax s'en souvenait maintenant.

— Bien sûr que je suis vivant, répondit Laucos. Qu'est-ce que tu crois ?

Et les lèvres rosées du combattant se pressèrent contre sa bouche. Sa langue chercha la sienne, son souffle s'unit au sien.

— Comment ça s'est passé ? s'enquit Abrax, une fois leurs retrouvailles terminées.

Une ombre passa sur le visage de Laucos.

— C'était comme sur un champ de bataille, confessa-t-il avec amertume. Sauf qu'il n'y avait nul honneur à combattre. Beaucoup sont morts de la pire manière qui soit, pour le divertissement.

Abrax lui caressa l'arrière du crâne, cajoleur.

— J'ai prié si fort pour que tu t'en sortes que les dieux n'ont pas pu trouver le temps de se reposer !

— Tu étais avec moi tout le long des combats, assura Laucos. Tu ne m'as jamais quitté.

Laucos s'allongea contre le torse du guerrier blond.

— Ce n'était qu'une mise en bouche aujourd'hui, soupira-t-il. Demain sera pire, ainsi que le jour suivant. Nous allons devoir affronter des fauves, des ours et que sais-je encore…

— Mais nous combattrons ensemble dans l'arène, dit Abrax. Nous pourrons nous soutenir, nous protéger l'un l'autre.

Il eut un court silence entre eux et Laucos ajouta.

— Tu n'es pas encore rétabli. Je devrais peut-être essayer de convaincre Curion de te donner un jour de plus. Si je le contente…

— Je te l'interdis ! Aboya Abrax en reculant son visage. Je ne veux plus qu'il te touche.

— Et moi, je n'accepterai pas qu'il te fasse du mal ! Si je me refuse à lui, il s'en prendra à toi.

— Il ne te touchera plus, un point c'est tout.

— Le sexe avec Curion n'est rien, affirma Laucos. Ça n'a pas la moindre importance.

— Mais je ne supporte plus d'imaginer ses mains sur toi, lâcha furieusement Abrax, ni sa bouche sur ta peau, encore moins sa queue de Romain en toi.

Laucos se serra contre lui pour le faire taire, l'embrassa tendrement puis attrapa une mèche de ses longs cheveux blonds et la glissa derrière son oreille.

— Je n'aime que toi. Curion pourrait être un dieu que cela ne changerait pas ce que je ressens.

Abrax enfouit son visage dans son cou. Il reconnut son odeur derrière celle du sang, de la terre, de la poussière et de la mort.

— Je dois aller me baigner, fit Laucos.

Abrax réalisa soudainement que son amant était couvert de sable et d'éclaboussures.

— Reviens-vite, dit-il.

Le visage de Laucos s'assombrit.

— Curion organise un banquet, déplora-t-il. Il me veut à ses côtés. Moi et tous ceux qui ont survécu à cette journée.

Abrax allait le retenir lorsqu'il aperçut Térès sur le pas de la porte. Laucos se leva de la couche, jeta un œil interrogateur à son partenaire avant de se diriger vers la sortie. Au moment où Laucos allait le dépasser, Térès leva la main pour la poser sur son épaule.

— Tu t'es bien battu aujourd'hui, petit, le flatta-t-il. Mais prends garde à ton flanc gauche, tu le laisses à découvert beaucoup trop souvent. Un jour cela pourrait t'être fatal.

Laucos acquiesça d'un signe de tête et quitta la pièce. Térès demeura debout en s'adressant à Abrax.

— Comment te sens-tu ?

Abrax puisa au fond de lui toute sa détermination.

— En état de combattre demain, répondit-il.

— Tant mieux, sembla se réjouir l'entraîneur.

— Je peux faire quelque chose pour vous ? le questionna Abrax au bout d'un moment.

— Un homme est venu me voir cet après-midi, révéla-t-il tout bas. Il disait être à la recherche d'un Gaulois blond aux pupilles dorées comme des flammes.

— Un portrait qui me ressemble. Que voulait-il ?

— L'homme en question n'a pas été bavard, mais il m'a avoué être à la solde de quelqu'un de haut rang. Un roi du Nord, si j'en crois ses paroles, qui serait à la recherche de son fils disparu.

Abrax tenta de camoufler la bouffée de joie qui lui réchauffait les oreilles.

— L'inconnu offre une coquette somme à celui qui lui fournira des informations sur l'endroit où il pourrait trouver ce fils perdu.

Le prince se leva.

— Vous savez que c'est moi qu'il recherche, déclara-t-il. Que lui avez-vous dit ?

Les deux hommes se considèrent longuement. Abrax était incapable de percer le mystère des rides qui creusaient le vieux visage du *doctor*.

Térès déglutit.

— Je vais te raconter une histoire, si tu me le permets, commença-t-il.

— Je ne suis pas d'humeur, le coupa Abrax.

— Tu vas pourtant m'écouter, s'imposa Térès.

Ils prirent tous deux place sur le rebord du lit.

— Il y a dix-neuf ans de cela, je vivais parmi les miens dans un village au pied de la montagne *Strandja*[25] dont on dit que les sommets enneigés touchent les nuages. La région était secouée par des guerres, des querelles de clans et par la menace de l'envahisseur macédonien. À cette époque, j'étais jeune, insouciant et heureux auprès de Zalmoxis…

— Zalmoxis ? le coupa Abrax.

— L'homme dont j'étais éperdument amoureux.

Abrax remua sur place. Il scruta Térès avec attention.

— En ce temps-là, poursuivit le professionnel, rien ne me paraissait impossible, rien ne me semblait plus beau que notre amour et je croyais que nous passerions notre vie ensemble. Mais les Macédoniens ont envahi nos terres, saccagé nos récoltes, brûlé nos demeures.

— Et ce fut la guerre, devina Abrax.

[25] Montagne située en Bulgarie.

— Interminable et sanglante. Au cours d'une bataille, Zalmoxis et moi avons été séparés. Il y avait tant de visages sales barbus autour de nous, tellement de cuirasses abîmées, de casques défoncés, de glaives rouillés que je ne distinguais plus mes amis de mes ennemis. Je me souviens avoir crié son nom à en perdre la voix. Je crois même que j'étais blessé. Le destin a voulu que je sois capturé par un Macédonien, un marchand d'esclaves qui s'est empressé de m'enfermer avec d'autres Thraces pour nous conduire loin de chez nous.

Térès fit une courte pause. Replonger ainsi dans son passé faisait remonter à la surface des sentiments oubliés.

— Que s'est-il passé ensuite ? le questionna Abrax, piqué par la curiosité.

— Je suis resté quelque temps en Macédoine puis j'ai été vendu. Je suis passé par tant de négociants que je ne saurais les compter. Chacun m'a utilisé à sa convenance, parfois pour le labeur, parfois pour leur propre plaisir. Telle fut ma vie durant cinq ans jusqu'à ce qu'Octavius Titus Gradius m'achète pour intégrer son *ludus*.

Le *doctor* s'interrompit une nouvelle fois puis tourna légèrement son faciès usé vers Abrax.

— Tout cela doit te sembler familier, dit-il.

— Effectivement.

— Quand Gradius m'a pris à son service, reprit Térès, je souffrais de fortes fièvres et de maux de ventre atroces. Mes différents maîtres m'avaient mal nourri. J'étais faible, inutile pour son commerce et pourtant il n'a pas hésité.

— Il faut croire qu'il a vu en vous le champion que vous êtes devenu, fit remarquer Abrax.

— Et pour le remercier, j'ai gagné tous les combats. Pas une seule défaite à mon actif. J'ai travaillé dur pour devenir le meilleur.

— Jusqu'à recevoir le Rudius.

Térès hocha la tête.

— L'un des plus beaux jours de ma vie. Dès que j'ai été affranchi, j'ai quitté Narbonne pour retourner chez moi. Je voulais retrouver Zalmoxis. Il me tardait de le revoir !

— Comment pouviez-vous savoir s'il était encore de ce monde ?

— Je l'ignorais, mais durant tout ce temps loin de lui, j'avais gardé espoir.

— Si vous êtes ici, c'est que malheureusement…

— Non, non, corrigea Térès. Zalmoxis avait survécu.

— Alors quoi ?

— Il avait refait sa vie en épousant une villageoise qui lui avait donné des fils. Il n'a pas souhaité me rencontrer seul à seul. Je n'étais pas le bienvenu. Lorsque je l'ai aperçu avec sa famille, mon cœur s'est brisé une deuxième fois et je suis reparti. Seulement, je n'avais nulle part où aller.

— Alors vous avez décidé de mettre à profit vos compétences et Gradius a accepté de vous employer comme *doctor*.

Abrax prit un air compatissant avant de poursuivre.

— Tout cela est bien triste, dit-il, mais qu'est-ce que tout cela a à voir avec moi ?

— Tout et rien à vrai dire. Seulement quand je vous ai trouvés Laucos et toi allongés dans le même lit, je n'ai pu m'empêcher de me revoir dans les bras de Zalmoxis. Nos histoires ont de nombreux points communs.

Il s'interrompit un moment puis soupira.

— Je ne peux pas… Je ne veux pas que vous traversiez ce que j'ai vécu.

— Où voulez-vous en venir au juste ? l'interrogea Abrax.

Térès se redressa.

— Je vais vous aider à vous enfuir d'ici.

CHAPITRE 22

Laucos et ses compagnons se tenaient alignés contre une fresque murale de grande qualité. Les convives passaient devant eux sans même leur prêter attention, se gavant de friandises à base de pâte d'amande et sirotant du vin en provenance de Rome. Les huit rescapés étaient quasiment nus, la peau luisante, les muscles encore tiraillés par leurs récents efforts. Afin qu'on les vît sous leur meilleur aspect, Curion ayant exigé qu'ils soient tous lavés, huilés et parfumés.

« Je les veux astiqués comme du marbre ! » avait-il ordonné à ses servantes qui s'étaient empressées d'exécuter ses ordres.

Laucos observait la scène avec un certain recul. Autour de lui, on riait, on partageait des médisances, on planifiait des traîtrises, mais surtout on se divertissait.

La noblesse dans toute sa splendeur, se dit-il à lui-même.

Un peu plus tôt, à son retour du bain, Abrax lui avait répété les propos de Térès, et ce qu'il comptait faire pour les aider.

Il n'en avait pas cru ses oreilles. Encore maintenant, il se demandait s'il y avait une part de vérité dans ce que Térès avait raconté. Il se pouvait fort bien que cette aide inattendue ne soit qu'une mise en scène, un piège pour divertir une fois de plus Curion Titus Gradius. Avec lui, tout était possible.

— Il avait l'air sincère, avait assuré Abrax. Son histoire est poignante. Je suis sûr qu'il ne faisait pas semblant.

Un mouvement sur sa droite attira le regard du Gaulois. Un vieillard en toge s'approcha pour caresser un de ses collègues. Le bougre ricana en lui pinçant un téton puis glissa une main flétrie sous la maigre pièce de tissu qui camouflait ses parties intimes. Visiblement, le pervers retirait énormément de plaisir à le tripoter ainsi et Laucos redouta que le vieux bouc ne soit en train de palper la marchandise pour plus tard. Un chauve ventripotent enveloppé dans une toge sénatoriale vint ensuite se coller contre le torse puissant de Giulio, un Sicilien qui faisait partie des vainqueurs du jour. Il se frotta langoureusement contre lui à la manière d'un chat se lovant contre les jambes de son propriétaire, mais fut rapidement déçu de constater que Giulio ne se dressait pas à son contact. Frustré, il s'agaça contre l'éphèbe et le gifla sans que ce geste n'interpelle quiconque dans l'assemblée.

Lorsque le Romain se retira et croisa son hôte, il lui signifia son mécontentement.

— Par la bite de Jupiter ! rouspéta-t-il. Ta marchandise n'est pas de bonne qualité !

Puis désignant le blond vénitien de l'index :

— Celui-là ne bande pas pour les hommes ! S'ils sont tous de ce gabarit, les réjouissances risquent fort de ne pas durer bien longtemps. Beaucoup de mes *riches* amis sont venus dans ce bourg pourri pour se divertir avec tes gladiateurs, Gradius. Si tu veux qu'ils chuchotent ton nom jusqu'au Sénat, je te conseille de faire en sorte qu'ils en aient pour leur service !

Sur ce, le noble se déroba, mécontent et dédaigneux. Curion essaya vainement de retenir son invité puis fusilla Giulio du regard. Comme un reptile, il se déplaça jusqu'aux gladiateurs et les dévisagea à tour de rôle.

— Vous n'avez pas l'air de bien comprendre ce qu'il se passe ici, les méprisa-t-il. Je vous conseille de ne pas jouer au plus malin avec moi.

— Je ne fornique pas avec les hommes, laniste, maugréa Giulio en continuant de regarder devant lui.

Curion s'approcha de son gladiateur.

— Je me fous de savoir qui te baise à partir du moment où ça me rapporte, lui signifia-t-il.

Puis il se tourna, claqua dans ses mains et l'on joua un air musical langoureux. Au même moment, des servants légèrement vêtus et masqués sortirent de nulle part avec des plateaux débordants de nourriture et des carafes de vin. Laucos vit s'approcher un jeune homme en toge, brun, les cheveux épais coupés à la romaine. Il affichait le même sourire carnassier que Curion et il en déduisit qu'il était de la même trempe.

— Cousin ! s'écria le visiteur en se jetant pratiquement sur Laucos. Est-ce celui dont tu m'as parlé ? Ce Gaulois aux yeux bleus comme l'océan ?

Curion fit un tour sur lui-même.

— C'est un beau spécimen n'est-ce pas, Denodus ? ronronna Curion. Il n'est pas très docile, mais il aime se faire monter.

Laucos se contracta de colère.

— Oh, fit Denodus. On sent la hardiesse en lui ! Puis-je ?

Curion donna son accord d'un signe de la main et le Romain lui tâta les biceps.

— Humm, fit-il. Ses bras sont aussi durs que du roc ! S'il ne t'appartenait pas, je me laisserais volontiers tenter.

Il s'approcha pour le renifler.

— Mais je suis étonné, dit-il. J'ai toujours entendu dire que les Gaulois puaient la merde ! Celui-là sent étrangement bon.

Ce fut plus que Laucos ne pouvait en supporter. Une bouffée de colère monta en lui. Incapable de se contenir plus longtemps, il tendit les mains et les referma autour du cou du jeune morveux. Malgré les aboiements de Curion, Laucos se mit à serrer si fort que sa victime en devint aussi rouge qu'une tomate. Conscient du danger et manquant d'air, le freluquet s'agrippa aux bras du gladiateur en postillonnant, mais sa musculature frêle ne faisait pas le poids face à celle de Laucos.

La musique avait cessé, les gens s'offusquaient en poussant de vives protestations. Quelques-uns prirent peur. Tout à coup, deux soldats armés accoururent après qu'un invité les eut alertés. Curion ne leur laissa pas le temps d'attaquer Laucos, car il s'empara d'une dague qui pendait à la taille de l'un deux et lui fit une large entaille au bras. L'agresseur ne sourcilla pas, trop concentré qu'il était à serrer ses doigts. Il fallut le concours des deux soldats pour que Laucos lâche enfin prise.

Libéré, Denodus recula d'un pas en toussant, cracha et porta une main à sa gorge. Lorsqu'il reprit ses esprits, sa bouche se tordit d'un rire caustique et Laucos vit à la bosse qui marquait son entrejambe qu'il était excité.

Ce salaud est aussi dément que son cousin ! se dit Laucos, retenu avec force.

— Comment te sens-tu ? s'inquiéta Curion. Ce chien va payer pour ce qu'il vient de faire.

Et sur son ordre, l'Éburon hérita d'une sacrée correction devant les autres gladiateurs impuissants. Denodus en savoura chaque seconde puis il but un peu de vin pour se rincer la gorge et demanda à ce que la fête reprenne.

Et l'incident fut clos.

Une fois relâché, Laucos se laissa glisser sur le sol, les lèvres éclatées, l'arcade sourcilière ouverte et la tête endolorie. C'était douloureux, mais il ne pouvait s'empêcher de penser que ça en avait valu la peine. Portant la main gauche à son flanc qui commençait déjà à violacer, il espéra ne pas avoir de côtes cassées.

— Transportez-le dans mes appartements, ordonna Curion à ses employés. Je m'occuperai de lui plus tard.

Et aussitôt, Laucos fut saisi par les aisselles et traîné comme un malpropre dans la chambre du laniste. La musique, les rires et les premiers soupirs de contentement de quelques convives créaient un bourdonnement sourd derrière les murs. Tout en grimaçant, il se traîna jusqu'à une banquette au pied de laquelle il s'adossa. À travers les lourdes vapeurs d'encens qui brûlaient sans discontinuer, une ombre apparut soudain. Laucos s'attendait à voir un de ces pervers romains que le vice ou la curiosité aurait poussé jusqu'ici, mais il s'agissait simplement de Lutécia, l'épouse de Curion.

— Ne craignez-rien, prononça-t-elle d'une douce voix en s'accroupissant près de lui.

Le visage de Lutécia se dessina dans la pénombre. La concubine de Curion Gradius se pencha pour lui toucher la joue. Malgré la chaleur de la pièce, sa main était froide.

— Que vous a-t-il encore fait subir ? demanda-t-elle tristement.

— Oh, trois fois rien, plaisanta Laucos. J'ai manqué d'étrangler son cousin et il n'a pas apprécié.

— Vous avez pris de gros risques. Curion considère Denodus comme son frère.

Lutécia l'aida à se relever et tous deux allèrent s'installer près d'un foyer.

— Merci, fit Laucos quand Lutécia lui offrit une coupe de vin.

La jeune femme portait une magnifique robe violette surpiquée de motifs dorés. Deux boucles d'oreilles pendaient à ses lobes et un étincelant diadème retenait ses cheveux en arrière, lui dégageant ainsi le visage. Il s'agissait d'une très belle Romaine aux traits délicats et au teint de pêche, le genre de femme douce et aimante qui faisait tout de suite bonne impression.

— Pourquoi n'êtes-vous pas auprès de votre mari ? se renseigna Laucos en portant la coupe à ses lèvres.

Le contact du métal froid sur sa blessure lui soutira une grimace.

— Ce n'est pas mon mari, réfuta-t-elle en s'éloignant de quelques pas pour se réchauffer auprès des flammes. Enfin, légalement si, mais dans mon cœur, c'est une autre histoire. Je n'ai pas choisi de l'épouser. Mon père a estimé l'affaire suffisamment lucrative pour y céder, mais je ne l'aime pas. C'est un monstre.

— Pourquoi restez-vous auprès de lui en ce cas ?

— Où voulez-vous que j'aille ? Je n'ai personne vers qui me tourner ! Mon père est mort quelques mois seulement après la cérémonie.

— Vos lois n'autorisent-elles pas le divorce ?

Lutécia eut un petit rire caustique.

— Si vous croyez que l'on peut divorcer de Curion aussi facilement, c'est que vous manquez de discernement. Il me ferait tuer bien avant d'avoir écouté le moindre conseil.

— Vous m'avez l'air d'être quelqu'un de bien. Je veux dire, les gens de votre milieu sont souvent…

— Condescendants ? Imbus d'eux-mêmes ?

— Quelque chose comme ça, reconnut Laucos.

Il posa sa coupe sur le sol marbré.

— Laissez-moi vous soigner, fit Lutécia. Vous avez du sang partout sur le visage.

— J'en ai vu d'autres, vous savez.

— Je veux bien vous croire.

Dix minutes plus tard, tandis que la jeune femme lui tapotait délicatement les joues avec un tissu humide, Laucos la dévisagea. Son désespoir et sa tristesse étaient si profonds que cela l'émut. Hormis sa mère, aucune femme ne l'avait jusqu'alors touché de cette façon. Son contact avait quelque chose d'à la fois intime et de dérangeant.

— Venez-avec-nous, lui proposa-t-il sur un coup de tête. Mon compagnon et moi-même avons un plan pour nous évader d'ici.

Laucos prenait un énorme risque en lui dévoilant leurs intentions. Abrax le sermonnerait sûrement pour cela mais, au fond de lui, il était convaincu de la bonté de la jeune femme.

Lutécia le considéra un instant.

— Mais… mais… pour aller où ? bégaya-t-elle, moins surprise par la proposition que par l'idée en elle-même.

Laucos lui saisit la main.

— Peu importe l'endroit tant que nous sommes loin de Curion.

— Je ne sais pas, répondit-elle, hésitante.

— Préférez-vous vivre dans la peur tout le restant de votre existence ?

Lutécia se mit à réfléchir. Jamais encore on ne lui avait permis de faire un choix par elle-même. Les choses ne se passaient pas ainsi dans sa famille. On avait toujours décidé pour elle, et voilà que cet homme aux yeux bleus, cet étranger, lui demandait de prendre une décision. Durant l'espace d'une seconde, l'épouse de Curion se prit à rêver de liberté.

Que serait ma vie loin de lui ? se demanda-t-elle. *J'ai de la famille dans le sud de l'Italie. Si Mercure voulait bien me tendre la main…*

Mais la raison se fit plus forte que la rêverie.

— Je ne suis pas aussi intrépide que vous, avoua-t-elle en plongeant son bout de tissu dans un récipient rempli d'eau tiède. Je ne suis qu'une femme.

— Balivernes que cela ! répliqua Laucos en se redressant. Chez moi les femmes tiennent les hommes en respect. Elles sont fortes et remplies de fierté !

Lutécia le contempla. Le Gaulois ne la quittait pas des yeux. Il la fixait avec une telle force qu'elle avait presque envie de croire ses paroles.

— Vous êtes un doux rêveur, déclara-t-elle au final. Un gladiateur demeure un gladiateur, une épouse reste une épouse.

CHAPITRE 23

Le ciel était couvert et l'air encore plus froid que l'avant veille, mais cela n'avait pas empêché les citoyens de Narbonne et des environs de venir en masse pour assister aux jeux. Pour son premier combat dans l'arène, Abrax avait revêtu une cuirasse qui le rendait encore plus corpulent qu'à l'accoutumée. Ses poignets et ses avant-bras avaient été recouverts de lanières en cuir, mais ses larges épaules étaient à découvert. Il avait attaché sa tignasse blonde comme autrefois, c'est-à-dire avec un bandeau de tissu. Malgré sa barbe fournie, ses cicatrices et ses traits fatigués, il demeurait profondément séduisant.

— Une telle splendeur rendrait jaloux Apollon lui-même, chuchota gaiement Pélas en se penchant sur Laucos qui ajustait ses jambières.

— Qui est cet Apollon dont tu parles ? demanda-t-il, peu familier du panthéon romain.

Pélas lui parla de son dieu du soleil, des arts et de la médecine. Laucos l'écouta tout en terminant de se préparer.

— Je prie chaque nuit pour qu'il me rende visite, mais il ne m'accorde jamais l'étreinte dont je rêve en secret.

Laucos secoua la tête, désespéré par le discours de son ami.

— Pourquoi un dieu ferait-il une telle chose ? le questionna-t-il.

Pélas lui raconta brièvement l'histoire d'Apollon et du beau Hyacinthe.

— C'est une bien triste fin que celle-ci, fit Laucos. Vos dieux se disputent les faveurs de l'humanité comme deux enfants se querellent à propos d'un jouet.

Son compagnon d'arme allait argumenter lorsque Térès les aborda.

— Concentrez-vous au lieu de bavasser ! leur reprocha-t-il.

Pélas fit un signe de la tête et attrapa un trident. Laucos, Abrax et le *doctor* échangèrent un regard en silence puis les gladiateurs se mirent en rang devant les différentes grilles. Peu avant d'entrer en action, Laucos tira son amant par le bras et tous deux se cachèrent un instant pour s'embrasser.

Abrax accueillit son compagnon contre lui. Ses lèvres lui parurent plus douces, sa langue plus sensuelle que les dernières fois. Un début d'érection se fit sentir des deux côtés et Abrax se pressa amoureusement contre la bosse qui déformait la jupe de Laucos.

Il pouvait s'agir de leur dernier baiser. Tout deux en étaient conscients. Laucos ferma les yeux et se laissa aller à quelques gémissements. Les mains posées sur les fesses d'Abrax, il se sentit mouiller d'impatience. L'odeur du cuir, celle plus familière d'Abrax, la peur de mourir, l'excitation du danger se mélangeaient pour former une palette de sensations étranges mais grisantes.

— Les combats vont commencer, souffla Abrax.

— Je sais, soupira Laucos en fronçant les sourcils. Je voulais juste te sentir contre moi.

Abrax esquissa un sourire.

— Sois prudent dans l'arène.

Laucos lui donna une tape dans l'épaule.

— Toi, fais attention ! s'exclama-t-il. C'est toi le convalescent ici, pas moi.

Les deux guerriers s'embrassèrent une nouvelle fois. Abrax saisit Laucos par la nuque afin d'accentuer son étreinte. Laucos en profita pour le serrer davantage.

Pélas les interpella discrètement.

— Térès va faire son baratin ! les avertit-il. Venez !

Et les deux Gaulois n'eurent d'autre choix que d'interrompre leurs caresses pour rejoindre les rangs, non sans un petit sourire en coin et une once de frustration.

Après quelques dernières recommandations de Térès, les grilles se soulevèrent et les douze gladiateurs pénétrèrent dans l'arène au pas de course, à l'exception des Gaulois qui furent retenus un instant par le *doctor*.

— Tout est organisé, dit-il en posant une main sur l'épaule d'Abrax.

— Et Lutécia ? s'enquit Laucos. S'est-elle décidée à nous suivre ?

— Je crains que non, leur apprit-il.

Laucos ne cacha pas sa déception.

— Elle a fait son choix, expliqua Térès. À tort ou à raison. Tout ce que vous avez à faire, c'est de rester en vie. À la fin des premiers combats, je vous ferai sortir en prétextant qu'il vous faut des soins médicaux. Deux de mes hommes porteront vos casques et retourneront combattre à votre place. Il est important de faire illusion.

— Qui est l'homme envoyé par mon père ? demanda Abrax. Comment le reconnaîtrons-nous ?

— Votre bienfaiteur ne m'a pas donné son nom, mais il vous attendra près de la porte Ouest avec des vêtements afin de dissimuler vos identités. Lui vous reconnaîtra.

— Comment pourrons-nous jamais te remercier ? demanda Abrax.

— Vivez votre amour, répondit Térès. Vivez-le pour moi.

Les deux compagnons posèrent leurs paumes respectives sur les épaules de l'entraîneur en signe de gratitude puis enfilèrent leurs casques et entrèrent dans l'arène. Comme la veille, des centaines de personnes en cercle autour d'eux gesticulaient, criaient, réclamaient que les jeux commencent. En rejoignant ses compagnons d'armes, Abrax constata que deux lions et un tigre étaient enchaînés, visiblement affamés et dangereux.

— Douze hommes contre trois chatons, plaisanta Pélas en les désignant de la pointe de son glaive. Il devrait être aisé d'en venir à bout !

Au même instant, en face de lui, une herse se souleva et un groupe de gladiateurs lourdement armés en sortit.

— Tu disais ? fit Laucos.

Une vive tension marqua les traits de Pélas lorsque l'on détacha les félins. Le géant Démétrius leva son glaive et se camoufla derrière un bouclier hexagonal, à même de le protéger dans son intégralité. Pélas vérifia que son filet était bien attaché à sa taille et fit tournoyer son trident dans ses mains avant de se mettre en garde. Les Gaulois se positionnèrent également de manière à pouvoir riposter.

Et les jeux débutèrent.

Démétrius et ses acolytes se séparèrent très vite du trio pour combattre de leur côté. Sa puissance n'avait d'égal que sa hargne et son goût du massacre. Le Grec connaissait son métier. Le public voulait du spectacle, il allait leur en donner. Le colosse fit de son mieux pour faire gicler le sang et trancher dans le vif. Sous ses impacts, les os craquaient, se broyaient. Les crânes explosaient, les armures se cabossaient, les dents se déchaussaient. Les règles n'avaient plus la moindre importance, la valeur de ses adversaires encore moins, au grand dam des organisateurs des jeux.

Lorsqu'un arbitre intervint pour l'empêcher de poignarder un combattant de grande qualité, Démétrius le chassa si violemment du revers de la main que le juge termina sur les fesses. De son côté, Pélas mettait à mal un Thrace muni d'un long poignard recourbé pendant que Laucos s'affairait contre un type de son gabarit, échangeant une série de coups plus ou moins rythmés. Face à Abrax, deux gladiateurs légers s'étaient unis en espérant le vaincre.

Les passes d'armes furent nombreuses, sanglantes, et plus les gladiateurs de Térès tuaient leurs opposants, plus la foule en réclamait de nouveaux. Abrax vint à bout de ses rivaux, l'un en enfonçant son glaive dans la jointure de son armure, juste sous le bras gauche, l'autre en lui fracassant le visage avec le pommeau de son arme. Le répit fut de courte durée cependant, car à peine eut-il retrouvé son souffle qu'un homme tenant deux longues lames lui sauta dessus.

Agile et rapide comme un aspic, Pélas élimina tous ses adversaires. Son trident était devenu le prolongement de son bras et ses attaques s'avérèrent mortelles. Sa meilleure technique consistait à emprisonner son adversaire dans son filet et à le transpercer de ses dents de fer. Sa rapidité était spectaculaire.

— Je dois en être à huit ! s'écria-t-il à l'adresse de Laucos qui terminait d'égorger un *Secutor*.

Laucos s'apprêtait à le féliciter quand la pointe d'une lance traversa l'épaule du redoutable Narbonnais.

Ébranlé par la douleur et la surprise, Pélas se laissa tomber sur un genou en portant une main tremblante à son omoplate. Laucos s'empressa de rejoindre son ami après avoir abattu le guerrier à l'origine de la blessure de Pélas.

Depuis la loge impériale, Curion Titus Gradius s'époumonait à travers de virulentes critiques. Nul doute qu'il était en train de perdre de l'argent. Laucos ôta son casque et se pencha sur Pélas. Un arbitre les rejoignit pour vérifier la gravité de la plaie puis il se tourna vers le laniste qui lui fit un signe du menton.

— Il continue le combat par ordre de Gradius.

Laucos le regarda s'éloigner pour juger d'un nouveau cas réclamant son expertise.

— Il faut te mettre à l'abri, expliqua Laucos. Avec cette blessure, tu es une proie facile.

— Pas question que j'abandonne, rugit Pélas. Enlève-moi cette pique et je retourne au combat.

— Si je la retire, tu vas te vider de ton sang.

— Plutôt mourir que d'abandonner.

Et sans attendre, Pélas brisa lui-même le bâton pour extraire la pointe d'acier.

— Je peux encore me battre, affirma-t-il en se remettant debout.

Du sang s'écoulait abondamment de sa blessure, mais il fit comme si de rien n'était.

— Très bien, consentit Laucos, mais reste près de moi.

Un peu plus loin, un lion que personne n'avait vu arriver se jeta sur un homme et le lacéra de ses griffes pour mieux le dévorer.

Abrax accourut vers son amant et découvrit son visage.

— La trêve va bientôt être sonnée, souffla Abrax en parant la soudaine attaque d'un guerrier macédonien. On doit absolument se rapprocher du lieu de rendez-vous.

— Ça n'en finit pas ! s'exclama Laucos alors qu'une nouvelle vague de gladiateurs se déversait dans l'arène.

— La foule jubile ! expliqua Pélas. Démétrius et sa bande résistent au-delà de tous les pronostics. Tant que les gens continueront de se divertir, il n'y aura aucune pause.

L'un des fauves vint renifler une traînée de sang non loin du trio de gladiateurs. Avec le trident, Laucos le chassa, ce qui fit huer la foule avide de chair fraîche. Il leur envoya des insultes, ce qui ne fit que les enflammer davantage.

— Il faut nous rapprocher de la porte Ouest, précisa Abrax. Térès a dit que notre mystérieux ami nous y attendrait. Pélas, te sens-tu en état de nous suivre ?

— Oui, confirma ce dernier.

— Allez-y dans ce cas, dit Abrax, je vous rejoins.

— Mais où vas-tu ? l'interrogea Laucos avec une légère appréhension dans la voix.

Abrax l'attrapa par la taille et l'embrassa. Leur baiser attisa la foule déjà bien remontée. Les femmes crièrent leur frustration, les hommes leur firent comprendre qu'ils devaient se battre au lieu de se caresser de la sorte. Depuis les premières tribunes, un groupe d'adolescents jeta des gobelets et plusieurs légumes pourris.

— J'ai quelque chose à faire avant de partir.

Laucos jeta un œil par-dessus l'épaule d'Abrax. Il aperçut Lutécia qui se querellait avec Gradius dans la loge. La dispute avait l'air sérieuse, car il finit par la gifler violemment. La pauvre épouse bascula de son siège pour porter une main tremblante à sa joue. Laucos ne distingua pas son visage à cause de la distance, mais il n'eut pas de mal à imaginer la marque écarlate sur sa peau blanche.

— Rien ne t'oblige à faire ça, déclara Laucos. Curion n'en vaut pas la peine.

— Je dois en finir avec ce porc.

Sachant que rien ne ferait changer d'avis son compagnon, Laucos fit un signe de la tête.

— Reviens-moi, prononça-t-il.

— Je te le promets.

CHAPITRE 24

Abrax partit en direction de la loge impériale, Laucos en sens inverse. Au bout d'une dizaine de pas, le guerrier ramassa une lance près d'un cadavre et serra le trident de Pélas dans son autre main.

Il dépassa un tigre qui se faisait les crocs sur le tibia d'un *Secutor*, se débarrassa d'un esclave qui voulait s'en prendre à lui. Son cœur cognait dans sa poitrine comme un tambour à mesure qu'il se rapprochait du laniste.

Arrivé au pied de l'estrade, Abrax jeta en l'air la pique qui alla se planter dans un siège vacant, juste à côté de Curion.

— Gradius ! l'interpella-t-il. Gradius !

Interloqué, le laniste se pencha, bientôt suivi par tous ceux qui étaient présents à ses côtés. Lorsqu'il découvrit Abrax en contrebas, Curion Titus Gradius arbora aussitôt son sourire hypocrite.

— Que comptes-tu faire, Gaulois ? le nargua-t-il du haut de sa place. Voler comme Mercure jusqu'à moi ?

Puis il se mit à rire si fort que les autres en vinrent à l'imiter.

Abrax ne comptait pas *voler* jusqu'à Curion, mais il n'entendait pas abandonner pour autant. Ayant trouvé le moyen de coincer les longues dents plates du trident dans la paroi fissurée, il utilisa le manche en bois comme appui pour se hisser jusqu'à Curion.

Celui-ci était en train de picorer dans une grappe de raisin quand Abrax passa par-dessus la rambarde. Lorsqu'il le vit fondre sur lui, Curion se leva brusquement de son fauteuil en manquant de s'étrangler avec un grain. La présence d'Abrax créa la stupeur parmi les autres nobles qui crièrent à l'aide en s'enfuyant.

Seule Lutécia demeura à sa place.

— Tu vas payer pour tout le mal que tu as fait, Gradius, déclara

Abrax.

— Arrête ! lui ordonna Curion en reculant. Ne fais rien que tu pourrais regretter !

— Je ne regretterai pas mon geste. Sois convaincu de cela !

Curion leva les mains en l'air.

— J'ai été indulgent avec Laucos, s'écria-t-il. Je l'ai laissé vivre !

— Tu n'es digne d'aucune clémence.

— Je te donnerai ce que tu veux ! négocia-t-il. De l'or ! Des terres !

En reculant, Curion Titus Gradius se prit les pieds dans un fauteuil et tomba en arrière. La chute fut plus embarrassante que douloureuse, mais elle eut pour effet de le clouer au sol.

— Je te laisserai partir ! bégaya-t-il. Je le jure par Jupiter !

Abrax leva les yeux vers la belle Lutécia. Elle se tordait les doigts et se mordait les lèvres jusqu'au sang.

La voici ta liberté, crut-elle deviner dans les yeux du Gaulois.

Lorsqu'elle lui adressa un léger hochement de la tête, Abrax se pencha au-dessus de Curion et enfonça lentement son glaive dans son abdomen. Dans une tentative désespérée pour arrêter le geste d'Abrax, Curion attrapa la lame et la serra entre ses deux mains. Il ne fit que s'entailler les paumes.

— Regarde-moi, lui murmura alors Abrax. Regarde-moi ! Je veux que tu emportes l'image de mon visage avec toi dans l'autre monde.

Curion chercha à s'exprimer mais n'y parvint pas. Du sang s'écoula abondamment de sa bouche, épais, noir, visqueux et Abrax comprit qu'il s'étouffait avec ses propres sécrétions. Ses yeux étaient grands ouverts, rouges et baignés de larmes. Sa respiration devint difficile et, en quelques secondes, la mort l'emporta.

Abrax contempla le cadavre de Curion puis se tourna vers sa veuve. Aucun des deux ne s'exprima. Lutécia était libre. Il s'était vengé. Qu'y avait-il à ajouter ?

Un soldat apparut tout à coup et sortit son glaive. La Romaine s'empressa de détourner son attention en jouant les hystériques, laissant à Abrax le temps de repartir d'où il était venu.

Dans les gradins, la nouvelle du trépas de Curion Titus Gradius se répandit comme un cheval au galop, passant d'un citoyen à un autre à travers toutes les rangées si bien que, rapidement, des index accusateurs pointèrent dans sa direction.

— Que se passe-t-il ? l'interrogea Laucos lorsqu'Abrax retrouva ses compagnons. Pourquoi la foule est-elle devenue aussi vindicative tout à coup ?

— Curion est mort, répondit-il avec une certaine neutralité. Je l'ai tué.

Laucos lui toucha le bras en guise de remerciement ou de soutien. Il ne savait pas trop ce que signifiait son geste à vrai dire.

— Pauvre fou ! s'écria en revanche Pélas. Tous les soldats de la cité vont se mettre à votre recherche. Sans parler des gladiateurs dans l'arène qui vont sauter sur l'occasion de se faire un peu d'argent.

Abrax s'agrippa à la herse en appelant Térès. Un homme enveloppé dans une cape se fit connaître. D'une main, l'inconnu actionna le mécanisme d'ouverture de la grille et celle-ci se leva à hauteur d'épaule. Laucos aida Pélas à se glisser dessous pendant qu'Abrax assurait leurs arrières.

— Mon prince ! dit une voix au fort accent du Nord.

L'homme découvrit son visage et Abrax reconnut un proche de son père.

— Brontos ! s'exclama-t-il en lui dédiant une accolade. Comme je suis heureux de te voir.

— Ne perdons pas de temps, indiqua le missionnaire. Nous nous réjouirons de ces retrouvailles plus tard.

Abrax se tourna vers Pélas.

— Adieu mon ami, lui dit-il. Guéris cette blessure et quitte cet endroit maudit !

Pélas secoua la tête.

— Au contraire ! réfuta-t-il joyeusement. Il me tarde de retourner à l'entraînement afin de sortir victorieux un jour prochain !

Cela fit sourire Abrax.

— On t'a vu t'enfuir avec nous, s'inquiéta Laucos. Comment vas-tu justifier ta présence ici ?

— M'enfuir ? ricana doucement Pélas. Dans la confusion, on pensera que j'étais votre otage.

Puis il lui tapota l'épaule.

— Ne te fais pas de souci pour moi, Gaulois. Tout ira bien !

— Il faut partir maintenant ! insista Brontos au moment où Térès arriva.

— Plus besoin d'effet de surprise, reprocha ce dernier. La mort de Curion est sur toutes les lèvres. Tout le monde te cherche, Gaulois.

— Dans ce cas, personne ne doit te trouver en notre présence, expliqua Abrax. On t'accusera de traîtrise si on te voit me parler. Merci pour ton aide. Va maintenant !

Térès approuva.

— Bonne chance, lança-t-il avant de disparaître au détour d'un couloir.

Pélas et Laucos se jurèrent de se revoir un jour. Une promesse qu'ils savaient tous deux irréalisable.

Abrax se tourna vers Brontos qui faisait une drôle de mine.

— Nous sommes prêts, vieil homme ! lui indiqua-t-il. Conduis-nous hors d'ici.

Le Gaulois s'encapuchonna en bredouillant. Un détail semblait le déranger.

— C'est-à-dire que… débuta-t-il.

— Quoi ? rugit Abrax. Parle ! Nous n'avons guère le temps pour des cachotteries.

— Ambiorix n'a pas fait mention de ton amant. En fait, il n'a jamais été question que…

— Que quoi ?

— Qu'il nous accompagne !

Abrax empoigna le transporteur et le souleva contre une colonne avec une déconcertante facilité.

— Laucos rentre avec moi. Est-ce que c'est clair ?

— Je regrette, mais ton père ne veut pas de lui. Il a été ferme sur ce point.

— Je n'en crois rien !

Les mots de Brontos furent aussi aiguisés pour Abrax qu'une lame de rasoir sur ses joues. Derrière la grille rabaissée, un duo de gladiateurs et trois citoyens s'entassèrent en appelant à la capture d'Abrax.

— Ce que tu dis n'a pas le moindre sens, postillonna Abrax en les ignorant. Mon père sait ce que j'éprouve pour Laucos. Jamais il n'aurait donné cette consigne !

— Il dit pourtant vrai, intervint Laucos en s'approchant afin de lui faire entendre raison. Ma mère m'a mis en garde le soir où je suis parti à ta recherche. Je n'ai pas voulu la croire, mais aujourd'hui je suis convaincu que si nous rentrons ensemble au village, il fera ce qu'il faut pour nous séparer.

— Il compte te marier à la fille d'un de ses conseillers, confirma Brontos. Nous en avons discuté, lui et moi.

— Impossible ! Mon père ne me ferait jamais ça !

— C'est pourtant la vérité !

Médusé par ce qu'il venait d'apprendre, Abrax regarda Laucos avec des yeux rouges. Il délaissa l'homme de main d'Ambiorix pour se jeter dans ses bras.

— Jamais, je ne te quitterai, lui assura-t-il en l'embrassant. Jamais. Partons ! Nous irons vivre ailleurs, dans un endroit à nous, rien qu'à nous.

Laucos se serra contre le torse d'Abrax puis l'embrassa à son tour. Brontos voulut les séparer, mais il fut arrêté dans son élan par le bruit d'une garnison de soldats en approche. Derrière la herse rabaissée, les esprits s'échauffaient de plus en plus.

— Par ici ! cria un citoyen en toge pourpre. Ils sont là !

Pélas s'empressa de le faire taire en donnant un coup de glaive contre la grille.

— On est pris au piège, fit remarquer Laucos en apercevant d'autres hommes.

Abrax s'écarta de son compagnon, ramassa un glaive sur le sol et s'adressa à Brontos.

— Quel était ton plan pour nous faire sortir ? le questionna-t-il.

— Nous devons aller dans cette direction, expliqua Brontos en pointant l'index vers la droite. À mi-chemin, se trouve une porte cadenassée qui donne sur les égouts de la cité. C'est par là que se trouve notre salut.

— Très bien, fit Abrax. Allons-y !

Mais au moment de déguerpir, quelqu'un parvint à glisser son bras à travers la grille, à saisir Laucos par la nuque et à le plaquer brutalement contre la herse. Surpris par la rapidité de l'agression, Laucos n'eut pas le temps de réagir. La pointe d'un couteau vint immédiatement se caler dans le creux de ses reins et il s'immobilisa.

Derrière Laucos, Abrax reconnut Pontius, un gladiateur.

— Lâche-le ! lui cria-t-il en faisant un pas en avant.

Pontius agita son couteau.

— Ne joue au pas au plus malin avec moi, le prévint-il en faisant glisser sa lame sous le menton de sa prise, ou je lui tranche la gorge.

Dans les couloirs, l'ombre des soldats apparut sur les murs. Brontos tira Abrax par le poignet.

— C'est maintenant ou jamais ! dit-il craintivement. Si nous restons ici plus longtemps, les Romains vont nous prendre au piège.

Laucos sentit le métal froid du poignard contre sa peau, l'haleine fétide de son assaillant. Ses muscles se détendirent et, baissant les bras, il cria.

— Sauvez-vous !

CHAPITRE 25

Fermement ligotés, les Gaulois furent amenés au centre de l'arène afin d'y être exposés à la vue de tous. En dépit du meurtre de Curion Titus Gradius, la foule ne s'était pas dispersée. Bien au contraire, une fois passés l'effroi et la consternation, la majorité des citoyens présents dans les gradins avaient clamé leur désir d'assister à de nouveaux affrontements. On avait alors fait combattre entre elles des femmes qui s'étaient révélées tout aussi sanglantes que leurs homologues masculins, puis un meurtrier avait été mis en pièces par un ours brun pour le plus grand plaisir des spectateurs.

Pour avoir capturé les deux fugitifs, le gladiateur Pontius reçut un rudius des mains mêmes de Denodus. Le traître avait quitté l'arène sous les acclamations sans savoir qu'en sous-sol, Térès et les autres gladiateurs lui promettaient secrètement une toute autre récompense.

L'après-midi tirait à présent à sa fin. Les gros nuages noirs qui s'amoncelaient dans le ciel et l'air chargé d'électricité présageaient d'un violent orage.

Abrax fut exhibé comme l'assassin du noble Curion et Laucos comme son commanditaire. Dans les tribunes, certains prétendirent que c'était par jalousie qu'Abrax avait tué Curion. D'autres argumentèrent que Laucos avait tenté de jouer sur les deux tableaux. Beaucoup de choses furent racontées hormis la vérité.

Les gardes chargés de leur surveillance les avaient quasiment dénudés. Il était important que chacun puisse admirer les cicatrices et les tatouages qui ornaient leurs corps et ainsi se faire une idée de leur véritable personnalité.

« Que l'on vous voit tels que vous êtes ! », avait méchamment ricané Denodus pendant qu'on les dépouillait de leurs panoplies de gladiateurs. « Comme des bêtes sauvages ».

Quand survint le moment de s'exprimer devant toute l'assemblée, ce dernier parla d'une voix grave et profonde.

— Citoyens de Narbonne ! prononça-t-il. Ces Gaulois ont massacré mon cousin Curion Titus Gradius, l'organisateur de ces jeux !

Il fit une courte pause pour jauger la réaction des spectateurs puis reprit.

— Des jeux organisés en votre honneur…

Ces derniers mots provoquèrent aussitôt une virulente poussée d'exclamations et de reproches qui cessa lorsque Denodus pointa un doigt accusateur en direction des prisonniers.

— Ces deux hommes, reprit-il en désignant Abrax et Laucos, sont des meurtriers, des brutes sanguinaires qui ignorent l'honneur et le respect !

Il fit une seconde pause, son regard se déplaçant frénétiquement un peu partout autour de lui.

— Je vous le demande, poursuivit-il, quel sort réserve-t-on à un chien qui mord la main de son maître ? Quelle punition est donnée à un esclave qui se rebelle contre son propriétaire ?

La réaction de la foule ne se fit guère attendre.

— Un tel comportement ne peut demeurer impuni ! conclut-il.

Devant l'engouement de Denodus à voir les barbares châtiés pour leur crime, le peuple de Narbonne répondit favorablement à sa requête.

Le sang des Gaulois serait versé avant la tombée de la nuit.

— Ils vont nous dépecer vivants, déclara Laucos en écoutant la population les huer et les insulter sans vergogne.

— Aie confiance, lui dit Abrax en effleurant son bras. Nos amis ne doivent pas être bien loin. Je suis sûr qu'ils vont nous sortir de là.

— Je ne vois pas comment, répondit Laucos, pour le moins dubitatif.

Abrax se répéta en lui-même les derniers mots que Brontos avait prononcés avant de s'enfuir :

« Je reviendrai vous chercher ».

Le couteau sous la gorge, Laucos l'avait supplié de s'enfuir, mais Abrax avait été incapable de remuer un orteil. Ce n'était ni par lâcheté ni par peur. Il n'avait tout simplement pas pu. L'idée de laisser son amant derrière lui l'avait paralysé sur place. Tout ce qu'il avait été en mesure de faire, c'était de s'agenouiller en croisant ses mains derrière la tête tout en patientant sagement le temps qu'on les lui lie.

Laucos n'avait pas insisté.

Après tout, aurait-il agi différemment ? Non. Bien sûr que non. Jamais Laucos ne l'aurait laissé tout seul si la situation avait été inversée.

Pas après ce qu'ils avaient traversé.

Malgré le vent qui soufflait de plus en plus fort, sur les bancs l'excitation était à son comble. L'humeur était au massacre.

Un arbitre arriva jusqu'aux gladiateurs en tenant dans ses bras deux glaives. Du sang avait séché sur les lames émoussées.

— Nous allons encore devoir nous battre, fit remarquer Laucos alors qu'une goutte d'eau tombait sur son bras.

— Et sous la pluie, ajouta Abrax avec une pointe d'humour.

À cela, il envoya un sourire à son compagnon qui lui répondit par une mine crispée. L'arbitre s'orienta vers la loge, visiblement dans l'attente d'une consigne.

— Où sont nos adversaires ? l'interrogea Laucos. Je ne vois aucun combattant à l'horizon.

L'arbitre demeura silencieux.

— Nous n'en avons pas, lâcha brusquement Abrax au bout d'un moment.

— Comment ça ?

Au loin, un bras se leva. L'arbitre se tourna alors vers eux.

— Battez-vous, dit-il.

Laucos fronça les sourcils.

— Qu'est-ce que c'est que cette histoire ?

— Jusqu'à ce que mort s'ensuive, précisa le Romain avant de faire un geste du menton à un garde qui déroula son fouet.

Laucos jeta son glaive aux pieds de l'arbitre.

— Il n'est pas question que l'on se batte l'un contre l'autre.

Les spectateurs sifflèrent le jeune guerrier pour son geste. Un second soldat tira un glaive de son fourreau en faisant un pas en avant pour les inciter à s'affronter.

— Faites ce que l'on vous dit, leur dicta-t-il.

Se penchant, Abrax prit son arme. Laucos se crispa. Son compagnon le fixait avec une telle détermination qu'il douta un instant de ses intentions.

— Je ne me battrai pas contre toi, attesta Laucos en reculant.

Autour d'eux, la foule s'impatientait.

« Qu'ils se battent ! entendit-on bientôt. Qu'ils se battent ! »

Abrax braqua son glaive sur Laucos. La pointe effleura son nez retroussé.

— Reprends ton arme, lui signifia-t-il sans le lâcher des yeux.

— Hors de question.

Le gladiateur soupira.

— Il faut toujours que tu n'en fasses qu'à ta tête.

Puis en un éclair, Abrax pivota sur lui-même et abattit le tranchant de sa lame sur le front du soldat qui se tenait derrière lui. Les yeux révulsés, ce dernier s'écroula sur le sol en se vidant de son sang, le crâne fendu en deux. Laucos ne perdit pas une minute et, se jetant sur son glaive, l'empoigna pour embrocher l'arbitre par le menton.

La foule s'indigna bruyamment de sa mort.

Ce n'est que justice, songea Laucos en observant le garde restant détaler sans demander son reste.

Abrax jeta par terre son glaive taché de sang et de cervelle. Laucos l'imita tout en défiant le peuple. La pluie commença à tomber, marquant le sol poussiéreux de petites alvéoles humides.

Devant leur refus de se battre l'un contre l'autre, le peuple s'agaça et l'on entendit quelqu'un crier quelque chose de loin, puis une femme se joignit à lui.

Finalement, la requête fut reprise en cœur et ce fut toute une cité qui parla d'une même voix funeste.

« À mort ! À mort ! »

Laucos n'en croyait pas ses oreilles. Le poing levé vers le ciel, les gens de Narbonne les condamnaient au trépas.

Six nouveaux soldats furent envoyés pour obliger les gladiateurs à combattre. Abrax et Laucos en vinrent à bout avec une redoutable efficacité, alliant force et agilité. Tout ce que Térès leur avait enseigné ne comptait plus désormais. Les règles n'existaient plus. Il fallait tuer pour survivre ou mourir.

— Je ne crois pas que je tiendrai encore très longtemps, souffla Laucos, une entaille sanguinolente au bras gauche.

Le combattant respirait fort. Abrax laissa tomber son glaive pour inspecter sa blessure. Lui-même saignait de l'arcade sourcilière.

— Denodus enverra des hommes jusqu'à ce que nous mourions d'épuisement, dit-il en retirant son bandeau pour le nouer autour du bras de Laucos.

— Ou jusqu'à ce que l'un d'entre eux arrive à nous avoir, confirma Laucos.

Abrax chercha la présence de Pélas, de Brontos, et même celle du Térès, mais la pluie qui tombait maintenant dru, ajoutée à la cacophonie ambiante, anéantit le peu d'espoir qu'il lui restait.

Au bout de quelques minutes, il finit par se rendre à l'évidence. Une évidence qui se mua en une affreuse certitude.

Personne ne viendrait à leur secours.

Au loin, de nouvelles formes couraient déjà dans leur direction.

— Jamais nous ne sortirons vivants de cet endroit, murmura-t-il.

Laucos projeta son regard vers les silhouettes. Le ciel se mit à gronder. Il en était convaincu lui aussi même s'il refusait de l'admettre.

— Nous allons mourir dans cette arène, déclara-t-il finalement.

Abrax prit son visage entre ses mains et l'embrassa avec passion. Laucos se laissa faire, épuisé, accablé par l'issue inéluctable qui s'imposait à lui.

À travers la pluie, Laucos s'attarda sur le visage d'Abrax. L'eau ruisselait sur sa peau, ses blessures, ses longs cheveux devenus ternes. Il ne voulait pas être séparé de lui, ni par la distance ni par la mort, mais une chose était encore plus inacceptable à ses yeux.

— Je refuse de périr de la main des Romains, affirma-t-il.

Les deux hommes échangèrent un long regard puis collèrent leur front l'un contre l'autre en se tenant par la nuque.

Ils savaient ce qu'ils devaient faire.

Avaient-ils un autre choix ?

Un ultime baiser, plus intense, plus désespéré que jamais, les souda l'un à l'autre une toute dernière fois, puis tous deux s'agenouillèrent dans le sable détrempé. Derrière eux, le sinistre clapotis des pas de l'ennemi dans les flaques d'eau leur indiqua que le temps était compté.

— Je t'aime, lui dit Abrax.

— Je t'aime aussi, répondit Laucos.

Puis chacun prit son glaive à deux mains et le leva au-dessus de lui, pointe vers le bas. Laucos pencha la tête sur le côté pour dévoiler l'artère de son cou.

Abrax fit de même.

— Ensemble, dit-il.

— À jamais.

— À trois, alors.

— Un…deux…

Épilogue

Le feu crépitait bruyamment à travers la forêt. Une fumée âcre et noire s'élevait lentement vers le ciel étoilé. Sous l'extrême chaleur du bûcher, le bois craquela, faisant virevolter des cendres incandescentes au-dessus des corps emmaillotés d'Abrax et de Laucos. Quelque part dans les arbres, une chouette hulula, ses pupilles luisant furtivement dans l'obscurité, et fit s'agiter les trois chevaux attachés à une branche.

Bien avant que Pélas et Térès ne le rejoignent avec la dépouille des gladiateurs, Brontos était parti chasser dans les bois avec l'ambition d'abattre un cerf adulte ou un sanglier. Il était d'usage chez lui d'offrir aux dieux des sacrifices de qualité. Malheureusement, ces derniers en avaient décidé autrement, car ce fut avec deux lapins accrochés à la taille que le pisteur gaulois était revenu.

De bien maigres offrandes pour de tels combattants, avait-il songé en déposant le gibier au pied du bûcher.

Mais en ce lieu reculé, c'est tout ce qu'il avait été capable d'attraper.

En attendant l'arrivée de Térès et de Pélas, Brontos avait taillé des personnages dans du bois sec, fabriqué des guirlandes de fleurs et bu du vin de la région en mémoire du fils d'Ambiorix et de son amant. Il en avait aussi profité pour couper du gui, des branches de houx et ramasser quelques pommes de pin qu'il avait ensuite soigneusement dispersés sur les rondins. Il aurait préféré inhumer les amants, mais l'idée de les enterrer dans un sol romain n'était pas acceptable.

Une épaisse bûche de pin éclata en deux et sortit les trois hommes de leur accablement. La chaleur du feu s'intensifia subitement et une odeur de fumée de bois et de chair consumée imprégna l'atmosphère de la nuit.

Brontos détourna les yeux du foyer pour observer le profil de Pélas. Un bandage autour de l'épaule, les yeux rouges, ce dernier avait toutes les peines du monde à contenir ses émotions. Dans un geste paternel, Brontos leva son bras et serra la nuque du jeune homme.

— Tu n'y es pour rien, petit, le réconforta-t-il. Tu as fait ce que tu as pu. Nous avons tous fait notre possible pour les sauver.

Pélas essuya son nez du revers de sa manche. Il ne pouvait s'empêcher de penser tout le contraire justement. Convaincu que ses deux amis tiendraient indéfiniment contre les soldats, il avait délibérément attendu que l'orage éclate avant de venir leur porter secours. Dans son esprit, le plan qu'il avait élaboré ne comportait aucune faille. Une fois l'attention de la foule et des soldats détournée par la pluie, le vent et les nuages noirs, il lui suffisait de courir et de les faire sortir en toute sécurité.

Seulement rien ne s'était passé comme prévu, car lorsqu'il était enfin parvenu au centre de l'arène, Abrax et Laucos s'étaient donné la mort.

Si seulement vous aviez attendu quelques minutes de plus, regretta-t-il. *Si seulement…*

Brontos toussota. Il était temps pour lui de partir. Sur le trajet du retour, il prendrait le temps de concevoir un chant qui raconterait le périple des deux amants et vanterait à la fois leur courage et leur amour. Ambiorix voudrait connaître toute l'histoire et Brontos ne lui épargnerait aucun détail.

Libre ensuite à son roi de donner à la mort de son fils les représailles qu'elle méritait.

— Merci d'avoir tout fait pour qu'on me restitue leurs corps, dit-il en lâchant le cou de Pelas. Abrax et Laucos méritaient des funérailles selon nos coutumes.

Térès se resserra sur lui-même en grognant quelque chose que personne ne comprit réellement. Probablement une critique sur le montant qu'avait coûté la transaction.

— J'espère que vos dieux les ont accueillis à bras ouverts, soupira Pélas.

Brontos hocha gravement la tête, assuré que les amants étaient réunis dans l'autre monde, puis reporta une dernière fois son regard sur le bûcher.

Lorsque les dernières braises s'éteignirent, l'aube marquait l'horizon d'un trait rose orangé. Térès et Pélas saluèrent silencieusement le Gaulois et prirent ensemble le chemin de la cité.

Brontos les suivit des yeux pendant un petit moment puis il ajusta les rennes de sa monture et se mit lentement en route.

FIN

Du même éditeur :

Nolan & Touzani T1 : Les voix du passé de Nathalie Marie

Nolan & Touzani T2 : Un monde d'ombres de Nathalie Marie

Totally Nuts de Cha Raev

Totally Nuts Bonus de Cha Raev

Le sang du vamire T1 : Gbriel de Cybelia Chris

Le sang du vampire T2 : Julien de Cybelia Chris

Anamorphose de Feylie

Anamorphose Bonus de Feylie

Fées d'Hivers, Recueil Collectif

Les Ignobles de Huguettes Conilh

Cas Mille (nouvelle bonus) de Huguette Conilh

Dans mon genre de Marine Sautivet

Chicanos & Gringos T1 : Vengeance à rebours de Elena De Sonio

Œil pour œil de Cha Raev

Une famille si ordinaire de Barjy L.

Imprimé par Lightning Source France :
1, avenue Gutenberg
78310 Maurepas

Imprimé en France
FROC01n1319221116
16535FR00004B/11/P

9 782375 210246